MINECRAFT

MOJANG STUDIOS

Original English language edition first published in 2023 under the title
MINECRAFT STONESWORD SAGA: TO BEE, OR NOT TO BEE
by HarperCollins Publishers Limited, 1 London Bridge Street, London SE1 9GF and 103
Westerhill Road, Bishopbriggs, Glasgow G64 2QT, United Kingdom.

Japanese language translation published by arrangement with
HarperCollins Publishers Limited through The English Agency (Japan) Ltd.

オンラインでの安全性を確保してください。Farshore／技術評論社は第三者がホスティングしているコンテンツに対して責任を負いません。

本書に記載されたすべての情報は Minecraft: Bedrock Edition に基づいています。

本書に記載された内容は、情報の提供のみを目的としています。したがって、本書を用いた運用は、必ずお客様自身の責任と判断によって行ってください。これらの情報の運用の結果について、技術評論社および著者はいかなる責任も負いません。以上の注意事項をご承諾いただいた上で、本書をご利用願います。これらの注意事項をお読みいただかずに、お問い合わせいただいても、技術評論社および著者は対処しかねます。あらかじめ、ご承知おきください。

MINECRAFT

マインクラフト

ハチのなんもん

の紹《しょう》介《かい》

登《とう》場《じょう》人《じん》物《ぶつ》

モーガン

アッシュ

ハーパー

プロローグ

ハーパーはハチを傷《きず》つけたくなかった。

でも、それはかんたんではない。

ハチの群《む》れが、ハーパーのまわりをブンブン飛《と》びまわっている。すると、1匹《ぴき》のハチがやってきて、ハーパーの顔《かお》にするどい針《はり》を向《む》けて、さそうとした。

かんいっぱつ、ハーパーは盾《たて》をかかげてハチを追《お》いはらった。でも、それでは終《お》わらない。

今度《こんど》は、うしろからシューという音《おと》がした。

振《ふ》りむくと、クモが突《つ》っこんでくる。

「敵《てき》のクモだわ！」ハーパーは盾《たて》を持《も》ったまま、反対《はんたい》の手《て》でクモに応戦《おうせん》した。クモがあとずさった。いまだ！　なんとか逃《に》げられるかもしれない……。

ところが、ふたたびブンブンという音《おと》がする。振《ふ》りむくと、また盾《たて》にハチがぶつかった。

もう1匹《ぴき》。

さらにもう1匹《ぴき》。

背後《はいご》で、クモのかん高《だか》い声《こえ》がした。**こっちに近《ちか》づいてくる**。

ハーパーは振《ふ》りむいた。

すると、うしろで音《おと》がした。またくるりと振《ふ》りむく。

もう一度《いちど》、くるり。

いつまでもこんなことをしていられない。

ハチもクモもハーパーをやっつけようと攻撃《こうげき》をやめない。**虫《むし》たち**

と戦《たたか》わなくてはならないのだろうか。

でも、ハーパーがこれ以上反撃《いじょうはんげき》をしたら、仲間《なかま》たちだけでなく、きっとオーバーワールド全体《ぜんたい》がだめになってしまう。そんなことになったら……**おしまいだ！**

第《だい》1章《しょう》

ハチがいるの？　いないの？　こんなに朝早《あさはや》くから、そんなことを聞《き》かないでよ。

ウッズワードミドル校《こう》はがやがやしていた。

ハーパー・ヒューストンは、「がやがや」ということばの意味《いみ》がきょう、はじめて理解《りかい》できた。クラスメートに囲《かこ》まれて、校舎正面《こうしゃしょうめん》の芝生《しばふ》に立《た》っていると、**たくさんの生徒《せいと》がいっせいにおしゃべりしているような感《かん》じがしたのだ。**みんながそれぞれなにをいっているのかは、人数《にんずう》が多《おお》すぎるせいでうまく聞《き》きとれない。それはまるで**ハチがブンブン飛《と》びまわる音《おと》**のようで、ほんとうにみんなの声《こえ》なのだろうかと思《おも》うほどだ。

ハーパーの学年《がくねん》はクラスごとに芝生《しばふ》に集《あつ》まることになっていた。担任《たんにん》のミス・ミネルヴァは、100人《にん》もの生徒《せいと》が落《お》ちつきなく話《はな》したり、もぞもぞ動《うご》いたりしている中《なか》、出欠《しゅっけつ》をとろうとしてイライラしていた。**髪《かみ》の毛《け》はいつもよりクシャクシャで、目《め》つきも少《すこ》しけわしい**。ミネルヴァはコーヒーをゆっくりひと口《くち》飲《の》むと、大《おお》きく深呼《しんこ》吸《きゅう》をした。

「テオ？　**テオ・グレイソンはいますか？**」

ミネルヴァはさわがしい中《なか》でも聞《き》こえるよう、声《こえ》を張《は》りあげた。

「はい！　ここにいます」テオは人《ひと》ごみの中《なか》で手《て》を振《ふ》った。

「遅刻《ちこく》してません。ほんとうです！　ちょっと迷《まよ》っただけで」

ミス・ミネルヴァはクリップボードの用紙《ようし》にチェックを入《い》れた。

「ハーパー・ヒューストン」

「はい」ハーパーは返事《へんじ》をしてから、テオのほうを向《む》いてあいさつした。

「どうなってるんだい？」テオがハーパーにたずねた。

「ウッズワード校《こう》ではいろいろなことが起《お》きるけど、けさは、いつにもましておかしいよ」

「だれもわかってないみたい。ミス・ミネルヴァは『ぜんぶドクのせいだわ』ってブツブツもんくをいってたけどね」とハーパー。

「まいったなあ」モーガン・メルカードが、クラスで飼《か》っているハムスター、**スイートチークス**

男爵《だんしゃく》を胸《むね》にかかえながら口《くち》をはさんだ。「ドクのせいだとしたら、なにが起《お》きてるのか、わかったもんじゃないぞ。給食係《きゅうしょくがかり》の人《ひと》をまたロボットに変《か》えようとしたんじゃないか？　あのとき、天井《てんじょう》まで飛《と》びちったミートソースを片《かた》づけるのに、何週間《なんしゅうかん》もかかったよな……」

ポー・チェンはクスクス笑《わら》った。「そんなのたいしたことじゃなかったよ。だって、コンピューター室《しつ》がチョウチョウの住《す》み家《か》になったことがあっただろ？　**きっと今度《こんど》は、イグアナが学校《がっこう》に住《す》みついちゃったんだ！**」

モーガンの妹《いもうと》、ジョディ・メルカードがうれしそうに手《て》を合《あ》わせた。

「それってむしろいいことじゃん」ジョディは動物《どうぶつ》ならなんでも大《だい》すきなのだ。

「そうだね。イグアナだって学校《がっこう》に行《い》きたいかもね」そういうと、ポーはまた笑《わら》った。

ハーパーもにやりとした。**どう考《かんが》えても、学校《がっこう》がは虫類《ちゅうるい》やロボットに乗《の》っとられているはずがない**。でも、理科《りか》の先生《せんせい》、ドクことドク・カルペッパー先生《せんせい》がやることは、まったく予想《よそう》がつかない。その点《てん》だけは、みんな同《おな》じ考《かんが》えだった。ドクを尊敬《そんけい》しているハーパーだけは、そんなことを気《き》にしていなかったけれど。

クラクションの大《おお》きな音《おと》にハーパーははっとして、考《かんが》えるのをやめた。芝生《しばふ》にいるほかの子《こ》たちといっしょに顔《かお》を上《あ》げる。すると、トラックが角《かど》を曲《ま》がってやってきて、歩道《ほどう》のそばに止《と》まった。通《とお》りをはさんだ図書館《としょかん》は車《くるま》にかくれて見《み》えなくなった。トラックを運転《うんてん》していたのは……なんと、**ドク・カルペッパー**先生《せんせい》だ。

ドクがクラクションを2回鳴《かいな》らすと、生徒《せいと》たちから歓声《かんせい》が上《あ》がった。先生《せんせい》が大《おお》きなトラックの運転席《うんてんせき》に座《すわ》っているのは、なんだか変《へん》な感《かん》じがして、おもしろい。

ドクがトラックから飛《と》び下《お》りた。助手席《じょしゅせき》からもだれかが出《で》てくる。**白髪《しらが》で、目《め》のまわりにしわがあり、カウボーイブーツをはいた男《おとこ》の人《ひと》だった。**このトラックの持《も》ち主《ぬし》にちがいない。

でも、トラックでいったいなにを運《はこ》んできたのだろう？　荷台《にだい》には大《おお》きな防水《ぼうすい》シートがかけられていた。

「あそこにはなにがあると思《おも》う？」ハーパーがたずねた。

「**イグアナか……子犬《こいぬ》だよ**」ジョディが期待《きたい》をこめていった。

「ロボットの守衛《しゅえい》さんじゃないか」とモーガン。

「エイリアンの宇宙船《うちゅうせん》さ！」ポーがいう。

「どんなものでもおかしくないけど、さすがに宇宙船《うちゅうせん》じゃないだろうね」テオも答《こた》えた。

「**ボンジュール！**」ドクがハイテクなメガホンを使《つか》ってあいさつした。それから、笑《わら》いながらメガホンのボタンを押《お》した。「おっと、フランス語《ご》の設定《せってい》になってた。気《き》をとりなおして、もう一度《いちど》。おはよう、みんな！」

がやがやしていた生徒《せいと》たちは、声《こえ》を合《あ》わせて「おはようございます！」と大《おお》きな声《こえ》で返《かえ》した。

ドクはとなりに立《た》っている男《おとこ》の人《ひと》をさした。「わたしの友《とも》だちを紹介《しょうかい》するよ。こちらはシェーンさん。とってもおもしろい仕事《しごと》をしていて、全国《ぜんこく》を飛《と》びまわってる。これから何週間《なんしゅうかん》か、この町《まち》にいる予定《よてい》だよ。それから、シェーンさんは親友《しんゆう》をたくさん連《つ》れてきてるん

だ」そういうと、ドクはシェーンさんにウインクをした。「準備《じゅんび》ができたら、シェーンさん、よろしく」

シェーンさんはトラックの荷台《にだい》の防水《ぼうすい》シートの角《かど》をつかんで引《ひ》っぱった。すると、積《つ》まれた木箱《きばこ》があらわれ、**そこには虫《むし》がむらがっていた。**空中《くうちゅう》に飛《と》びだした虫《むし》たちは、トラックのまわりでブンブン音《おと》を立《た》てると、待《ま》ってましたとばかりに飛《と》んでいった。

「**ハチだわ！**」ハーパーは、こんなにたくさんのハチを見《み》るのははじめてだった。

すると、ドクがメガホンを使《つか》っていった。

「シェーンさんはハチをあつかうカウボーイ

なんだよ。むずかしいことばでいうと、養蜂家《ようほうか》だね。このトラックにはハチの巣箱《すばこ》が積《つ》んであって、シェーンさんはいろいろなところに巣箱《すばこ》とその中《なか》のミツバチを運《はこ》んでいくんだ」

「**いろいろなところ**にだって？　ミツバチって害虫《がいちゅう》じゃないのか？」モーガンが仲間《なかま》にたずねた。

「さあ？　**動物《どうぶつ》はすきだけど、人間《にんげん》をさす虫《むし》はかわいくないなあ**」

とジョディ。

　すると、テオがみんなをだまらせた「話《はなし》を聞《き》こうよ！」

ドクの話《はなし》を聞《き》きたかったハーパーは、うれしそうにうなずいた。

「みんな、知《し》りたいことがありそうだね。いいことだ！　**今週《こんしゅう》の理《り》科《か》の授業《じゅぎょう》では、ハチについてくわしく教《おし》えるよ**」ドクはシェーンさんにメガホンをわたした。

養蜂家《ようほうか》
おもにミツバチを飼育《しいく》して、ハチミツや花粉《かふん》などを集《あつ》める仕事《しごと》をする人《ひと》のこと。農業《のうぎょう》や生態系《せいたいけい》を守《まも》ることにもかかわっている。

「**ハチはすてきな生き物《いきもの》です**。それに、生態系《せいたいけい》にもたいせつな役割《やくわり》を果《は》たしています。わたしはこれまでずっと、ハチについて学《まな》んできたけど、**それでもまだ**、毎日新《まいにちあたら》しい発見《はっけん》があるんですよ」とシェーンさん。

「シェーンさんは、これから町《まち》の果樹園《かじゅえん》に行《い》かないといけないんだ。でも、数日間《すうじつかん》、巣箱《すばこ》をひとつ置《お》いていってくれるそうだ。学校《がっこう》の向《む》かいにある図書館《としょかん》で保管《ほかん》してくれるから、みんなはそこで観察《かんさつ》できるよ。きっといろんなことが学《まな》べるはず」そういうと、ドクはシェーンさんの肩《かた》に手《て》を置《お》いた。「みんな、シェーンさんはわたしたちを信頼《しんらい》して巣箱《すばこ》をまかせてくれたんだ。ハチたちのめんどうを見《み》るって、シェーンさんに約束《やくそく》しよう。いいかい？」

「**はい！**」ハーパーは、ほかの生徒《せいと》たちといっしょに大《おお》きな声《こえ》で返事《へんじ》をした。

生態系《せいたいけい》
地球上《ちきゅうじょう》に暮《く》らす生《い》き物《もの》たちと、そうした生《い》き物《もの》たちが生《い》きる自然環境《しぜんかんきょう》のこと。

だが、すぐに不安《ふあん》になった。でも、どうやって虫《むし》たちの世話《せわ》をすればいいのかしら？　虫《むし》たちを危険《きけん》から守《まも》るには、どうしたらいいの？

ハーパーは元気《げんき》がなくなってきた。口《くち》でいうほど、かんたんじゃなさそうだわ。

第《だい》2章《しょう》

動物《どうぶつ》と仲《なか》よくするコツは？　たくさんのおやつ！

「空《そら》にある大《おお》きな穴《あな》について、話《はな》しあいましょう」ハーパーが提案《ていあん》した。

仲間《なかま》たちはマインクラフトをしていた。といっても、ただゲームをしているのではなく、ゲームの世界《せかい》の中《なか》にいる。つまり、ハーパーたちは、マインクラフトの世界《せかい》をまるで現実世界《げんじつせかい》のように体験《たいけん》している最中《さいちゅう》だ。そこにアクセスするには、ドクが発明《はつめい》した特別《とくべつ》なVRゴーグルが欠《か》かせない。マッド・サイエンティスト、ドクのおかげで、大《だい》すきなゲームが現実《げんじつ》になるのだ！　ハーパーはいつもそのことにおどろいてしまう。

マッド・サイエンティスト

SF作品《さくひん》などに登場《とうじょう》する天才科学者《てんさいかがくしゃ》。自分《じぶん》の目的《もくてき》を達成《たっせい》するために、おかしな発明《はつめい》をしたり、トラブルを引《ひ》き起《お》こしたりする。

けれどもいま、そのゲームの世界《せかい》に、なんだかよくないことが起《お》きているようだった。

「悪《わる》いことを予想《よそう》しなくちゃいけないの？　ただでさえ、しんみりしてるのに」ポーがもんくをいった。

ポーはいろんなスキンを着《き》て、自分《じぶん》を表現《ひょうげん》するのがすきだ。きょうのスキンは、ムーシュルーム。それを選《えら》んだのは、このあいだしばらく仲間《なかま》になった、キノコでおおわれたウシ、マイケルGをたたえてのこと。「マイケルに会《あ》いたいなあ」

ジョディもうなずいた。「すてきな新《しん》メンバーだったもんね。でも、わたしたちについてこないほうがいいよ。**たくさん戦《たたか》うから、危《あぶ》ないもん**」

するとモーガンがいった。「空《そら》のキズについて話《はな》すのは、〝悪《わる》いことを予想《よそう》〟してるわけじゃないよ。キズをなんとかする方法《ほうほう》を見《み》つけるためには、なにが問題《もんだい》なのかを解《と》きあかさないといけないんだ」

「エヴォーカー・キングを見《み》つければいいんだよ。**〝エヴォーカー・キングからスポーンしたものを〟っていったほうがいいかな。とにかく、ぼくたちがエヴォーカー・キングの一部《いちぶ》って呼《よ》んでるもの。**それを探《さが》そう」テオは頭上《ずじょう》の切《き》れ目《め》を心配《しんぱい》そうに見《み》つめた。「ひどいことが起《お》こりそうなこの世界《せかい》をもとにもどすためには、それがいちばんいい」

仲間《なかま》の中《なか》でプログラマーはテオしかいない。テオは時間《じかん》をかけてゲームの中心《ちゅうしん》にあるコンピュー

ターのコードを研究《けんきゅう》してきたので、いまの状況《じょうきょう》をよくわかっていた。エヴォーカー・キングになにが起《お》きたのかに気《き》づいたのもテオだ。このバージョンのマインクラフトにいた人工知能《じんこうちのう》、エヴォーカー・キングは、もとは敵《てき》だったのに、みんなの友《とも》だちになった。**そのエヴォーカー・キングの性質《せいしつ》が6つに分《わ》かれてしまったのだ。**エヴォーカー・キングのパーツは見《み》たことのないモブのかたちをしている。

これまで、仲間《なかま》たちは3体《たい》のモブに立《た》ちむかってきた。そして、エヴォーカー・キングのコードのうち半分《はんぶん》を取《と》りもどすことができた。

エヴォーカー・キングを助《たす》けるため、つまり、エヴォーカー・キングをもとにもどして、残《のこ》りのプログラムがすっかりこわれてしまうのを止《と》めるためには、あと3つのパーツが必要《ひつよう》だ。

その日《ひ》、6人目《にんめ》の仲間《なかま》、アッシュ・カプーアがいっしょに調《しら》べにきてくれた。アッシュは引《ひ》っ越《こ》してほかの町《まち》に住《す》んでいるが、**マイ**

ンクラフトの世界《せかい》では、いつでもいっしょにいられる。ハーパーは、アッシュがまるですぐとなりにいるような気《き》がして、アッシュの肩《かた》にうでを回《まわ》した。アバターにさわっているだけなのに、実際《じっさい》にしっかりふれている感《かん》じがした。

「アッシュがいてくれてよかったわ。わたしたちでは気《き》がつかなかったことも、わかるかもしれないからね」ハーパーがうれしそうにいった。

「チョウチョウみたいに小《ちい》さなものを探《さが》してるときは、とくに力《ちから》を合《あ》わせないとね。とにかくやってみましょうよ」とアッシュ。

通常《つうじょう》、マインクラフトのモブにチョウはいない。チョウがあらわれるのは、エヴォーカー・キングからスポーンしたモブが近《ちか》くにいるときだけ。チョウチョウはまるで、エヴォーカー・キングの変身《へんしん》をバーチャルなかたちであらわした、デジタルのゆうれいのようなものだ。

どうしても**手《て》がかり**が必要《ひつよう》な仲間《なかま》たちには、そのチョウチョウがヒントになる。

そのとき、ハーパーは目《め》のはしっこでなにかがさっと動《うご》いた気《き》がした。それはチョウではなく、草《くさ》の上《うえ》をかけていくウサギだった。

「**気《き》をつけろ！**」ポーが大声《おおごえ》でいった。

ハーパーはふしぎそうな顔《かお》をした。「ただのウサギでしょ」

「ウサギに攻撃《こうげき》されたこと、みんな、忘《わす》れちゃったのか？　ぼくなんて、いまでもベッドに入《はい》ると、暗闇《くらやみ》の中《なか》にウサギの小《ちい》さな目《め》が光《ひか》ってる気《き》がするぐらいだ」とポー。

「あのウサギたちは、人気者《にんきもの》になりたい巨大《きょだい》な洞窟《どうくつ》グモにあやつられてたんだよ」テオが口《くち》をはさむ。

ポーがいいかえした。「だからって、ぶきみなことには変《か》わりないい

ウサギに攻撃《こうげき》されたこと
『マインクラフト モブのたくらみ〔石《いし》の剣《けん》のものがたりシリーズ②〕』参照《さんしょう》。

し、なおさら忘《わす》れられないよ……」

「きゃー、かわいい！　見《み》て見《み》て。ウサギがお友《とも》だちを連《つ》れてるよ」ジョディがさけびながら、ウサギをさした。

すると、**ウサギを追《お》いかけるキツネが、さっとかけていくのが見《み》えた。**

「**ウサギならあっちに行《い》ったよ！**　急《いそ》げば追《お》いつけるかもね」ジョディはキツネに教《おし》えてあげた。それから、「はあ」と息《いき》をついて、みんなにいった。「動物《どうぶつ》が仲《なか》よくしてるのって大《だい》すき。わたし、ネットで見《み》つけたかわいい動《どう》物《ぶつ》の写真《しゃしん》をノートにいっぱいはってるんだよ」

「えっと、ジョディ。いいにくいんだけど――」

モーガンがそういいかけると、アッシュがオホンとのどを鳴《な》

らして、さえぎった。アッシュは、だまっていたほうがいいとばかりに、モーガンに向《む》かって首《くび》を振《ふ》った。

「なに？　どうしたの？」とジョディ。

「なんでもないよ。気《き》にするな」モーガンはごまかした。

ハーパーにはモーガンが考《かんが》えていることがわかった。モーガンはいいおにいちゃんなので、ジョディがあとからうろたえないように、守《まも》ってあげたいのだ。

ところが、テオはみんながどう感《かん》じるかなんて気《き》にしないようで、こういった。

「ウサギとキツネは友《とも》だちなんかじゃないよ。あのキツネはウサギをつかまえて食《た》べようとしてるんだ」

アバターは顔《かお》が赤《あか》くなったり、青《あお》ざめたりしない。ハーパーも頭《あたま》ではそのことをわかっていたが、**ジョディのカクカクした顔《かお》がさっ**

と青《あお》くなった気《き》がした。ジョディは口《くち》をあんぐり開《あ》けた。「えっ？　ひどいじゃない！」

「ひどくないよ。**自然《しぜん》の世界《せかい》ってそういうものさ**」とテオ。

「自然《しぜん》でもなんでもいいけど、ぼくは、こないだのことは水《みず》に流《なが》してウサギを応援《おうえん》するよ。逃《に》げるんだ、ウサギ！」

「ウサギを助《たす》けるためになにかできない？」ジョデイがたずねた。

「やさしいわね」とハーパー。

「そんなのだめだよ。食物連鎖《しょくもつれんさ》を混乱《こんらん》させようとするなんてよくない。**そんなことしたら**、とんでもないことになる」テオが反対《はんたい》した。

ハーパーはため息《いき》をついて、ジョディにいった。「テオはちょっと

食物連鎖《しょくもつれんさ》
「食《た》べる―食《た》べられる」関係《かんけい》で生《い》き物《もの》どうしがつながっていること。

無神経《むしんけい》だけど、まちがってはいない。食物連鎖《しょくもつれんさ》については理科《りか》の授業《じゅぎょう》で習《なら》ったよね？　**ウサギのような草食動物《そうしょくどうぶつ》は草《くさ》を食《た》べる。キツネのような肉食動物《にくしょくどうぶつ》はほかの動物《どうぶつ》を食《た》べる。**すべてのウサギを助《たす》けちゃったら、キツネがお腹《なか》を空《す》かせちゃう。それに、すべてのウサギがお腹《なか》いっぱい食《た》べられるほど、草《くさ》もたくさんないし」

アッシュもハーパーと同《おな》じ意見《いけん》だ。「食物連鎖《しょくもつれんさ》は生《い》き物《もの》のサイクルの一部《いちぶ》なのよ。マインクラフトのキツネは、実際《じっさい》のキツネのように行動《こうどう》するようプログラムされてる。**邪悪《じゃあく》な気持《きも》ちもないし、悪《わる》いことをしようともしてないの……ただ、生《い》きるのに必要《ひつよう》なことをしてるだけ**」

モーガンはジョディの肩《かた》にうでを回《まわ》した。「心配《しんぱい》いらない。あのウサギはきっと逃《に》げられたさ！　そうじゃなかったとしても、ウサギはたくさんいる。きっとすぐに、べつのウサギが見《み》つかるよ」

「あのチョウチョウについていけば、ウサギが見《み》つかるんじゃないかな」とポー。

「そうさ。だからマインクラフトがすきなんだよ。どんなことが起《お》きるかわからない」そこまでいうと、モーガンははっと気《き》づいたように顔《かお》を上《あ》げて、こういった。「えっ、なんだって？　どのチョウチョウのこと？」

ポーはにやりと笑《わら》って、チョウのいるほうをさした。**光《ひかり》かがやくピクセル状《じょう》のチョウチョウが、近《ちか》くをぱたぱたと飛《と》んでいる。**

「追《お》いかけよう」テオとモーガンが声《こえ》を合《あ》わせる。

「マイケルGがいたら、きっとよろこんで追《お》いかけたのにね」とポーがいった。

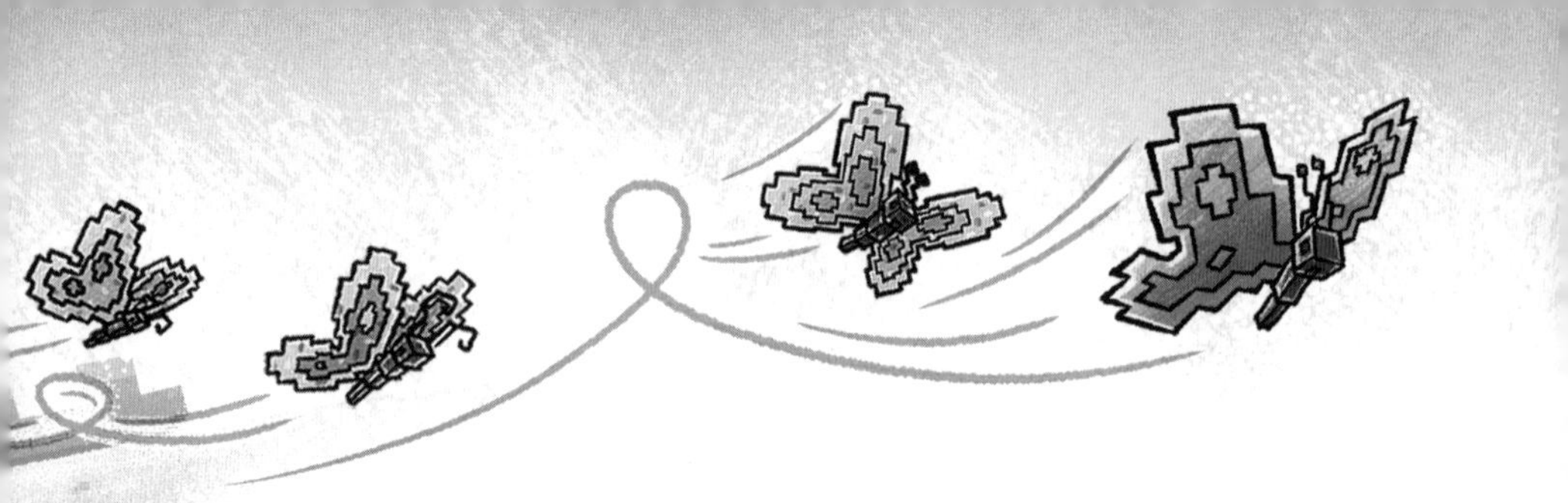

第《だい》3章《しょう》

空《そら》にできたふしぎな切《き》れ目《め》から、稲妻《いなずま》を落《お》とそう……ほかにもあやしいアイデアが。

ウサギは逃《に》げきれたのだろうか？　**それとも、キツネにつかまってしまった？**　ジョディはできるだけそのことを考《かんが》えないようにした。

どうなったかなんて、わかりっこない。でも、チョウについていったらどこにたどり着《つ》くかなら、ジョディにもすぐに**わかるだろう**。

チョウに集中《しゅうちゅう》しよう。ジョディは自分《じぶん》にそういい聞《き》か

せた。
最初《さいしょ》は１羽《わ》だけだったチョウは、タイガバイオームをこえていくと、**増《ふ》えていった**。いまでは４羽《わ》のチョウがひらひら舞《ま》っている。ありがたいことに、４羽《わ》は同《おな》じ方向《ほうこう》に向《む》かっていた。
「もし空《そら》からオウムがおりてきて、チョウチョウを食《た》べようとしたら、どうせみんなは止《と》めようとするんでしょ?」ジョディがモーガンにいった。

「どうかなあ。オウムがチョウを食《た》べたらどうなるのか、見《み》てみたいもんだね。理屈《りくつ》で考《かんが》えると、どんなことが起《お》こる?」とモーガン。

テオはあごをコツコツとたたいた。「もしチョウチョウがエヴォーカー・キングからはぐれたコードの一部《いちぶ》だとしたら……チョウを食《た》べたオウムも変身《へんしん》するかもしれない」

「**エヴォーカーのオウム!**　かわいいんじゃない?」とアッシュ。

「そうだね。ぼくが海賊《かいぞく》のスキンを着《き》てたら、ぼくの肩《かた》に止《と》まるだろうね」ポーがいう。

仲間《なかま》たちは笑《わら》った。そのとき、頭上《ずじょう》のキズのあたりで雷《かみなり》がゴロゴロと鳴《な》ったので、みんなはびっくりした。そしてすぐに、いまなにが問題《もんだい》なのかを思《おも》いだした。

木《き》の種類《しゅるい》が変《か》わった。新《あたら》しいバイオームに入《はい》ったのだろう。タイガバイオームにはトウヒの木《き》しかなかったのに、いまではカシやカバノキが集《あつ》まったところを歩《ある》いている。

ジョディはあまり植物《しょくぶつ》にくわしくないけれど、マインクラフトでよく見《み》る木《き》については知《し》っていた。そういう木《き》からは色《いろ》とりどりの木材《もくざい》がとれるので、カラフルなものをつくりたいなら、木《き》のことを知《し》っておいたほうがいい。

同《おな》じように、ジョディはマインクラフトの花《はな》についても知《し》ろうとしていた。でも、花《はな》の種類《しゅるい》はあまりに多《おお》い！　染料《せんりょう》をつくるのに使《つか》えるものもあるけれど、すべてがそうというわけじゃない。そして、そういう花《はな》はたいてい、さまざまなバイオームに散《ち》らばっている。

ところが、木々《きぎ》の中《なか》を通《とお》っていくと、前方《ぜんぽう》のなだらかな斜面《しゃめん》に、ものすごくたくさんの種類《しゅるい》の花《はな》がさいていた。まるで草《くさ》の上《うえ》に虹《にじ》が寝《ね》そべっているようだ。

「**ここはなんなの？**」ジョディは思《おも》わず息《いき》をのんだ。

「**花《はな》の森《もり》のバイオームのようだね**。ここでは、ほとんどの種類《しゅるい》の花《はな》がさいてるんだ」テオが答《こた》えた。

「チョウたちは花《はな》に引《ひ》きよせられたのかしら？」とハーパー。

「どうかしらね」アッシュがカクカクとした手《て》で、ある方向《ほうこう》をさした。「チョウが興味《きょうみ》を持《も》ってるのは**あれ**みたいよ」

ジョディにも、アッシュがなにをいいたいのかがわ

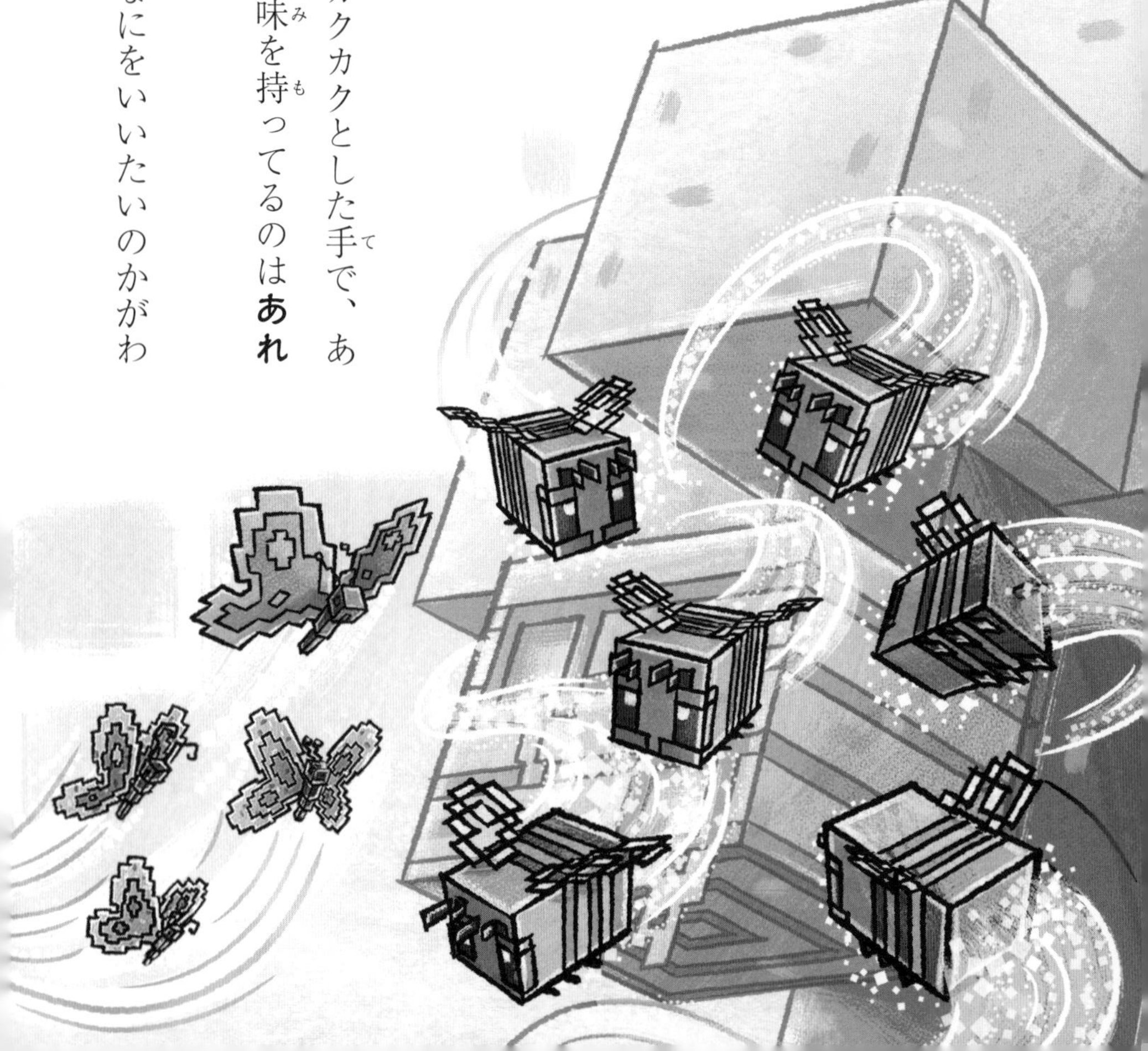

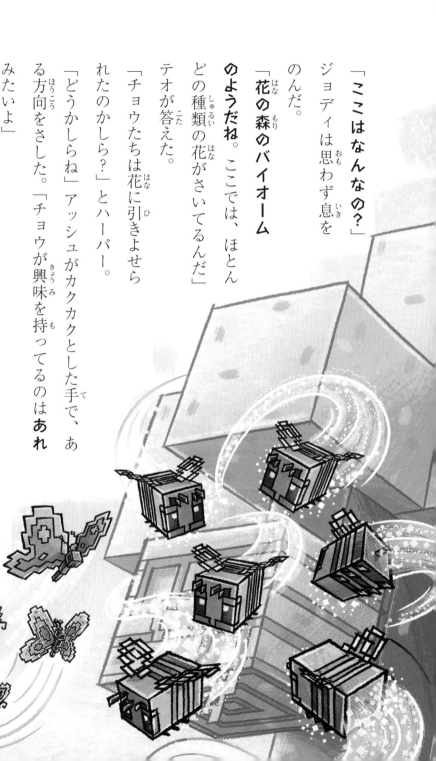

かった。チョウたちは、カシの木《き》のそばにぶら下《さ》がったブロックに集《あつ》まっている。茶色《ちゃいろ》いしまもようのついた黄色《きいろ》いブロックだ。その側面《そくめん》に小《ちい》さな出入《でい》り口《ぐち》があるので、ミニチュアの家《いえ》のように見《み》える。

「**ハチの巣《す》だ！**」モーガンがいった。

「どうしてチョウはそこに集《あつ》まってるの？」とハーパー。

「今回《こんかい》エヴォーカー・キングからスポーンしたのは、**巨大《きょだい》なハチ**なの？」アッシュも質問《しつもん》する。

　でも、ジョディはそんなことなど気《き》にせず、花《はな》にむらがる羊《ひつじ》に目《め》をとめた。もう一度《いちど》カバノキの近《ちか》くに行《い》き、オオカミや肉食動物《にくしょくどうぶつ》がいないか、あたりをざっと見《み》まわす。いまのところ、羊《ひつじ》はだいじょうぶそうだ。でも、いつまで安全《あんぜん》かはわからない。

「**ねえ、ちょっと**、ポーってば」ジョディが小《ちい》さな声《こえ》で話《はな》しかけた。

ほかの仲間《なかま》たちがハチの巣《す》のまわりに集《あつ》まっているすきに、ジョディはポーを引《ひ》きよせた。「あのトライデント、まだ持《も》ってる？」

「持《も》ってるけど」ポーはあやしむような目《め》をジョディに向《む》けると、**空《そら》のキズのふちのあたりで光《ひか》る雷《かみなり》をちらりと見《み》た。**「なにに使《つか》うんだい？」

「ちょっと思《おも》いついたんだけど。そのトライデントには特別《とくべつ》なエンチャントがほどこされてるでしょ？　それなら、稲妻《いなずま》を落《お》とすことができるんじゃないかな」とジョディ。

「雨《あめ》が降《ふ》ってるときならね」そういうと、ポーはまた空《そら》のキズのほうを見《み》あげた。「キズのまわりで光《ひか》ってる稲妻《いなずま》にも使《つか》えるって思《おも》うわけ？」

「**きっとうまくいくよ**」ジョディがいった。

「なるほど。でも、どうして稲妻《いなずま》を**落《お》としたい**んだい？」

ジョディはモーガンに聞《き》かれないようあたりを見《み》まわすと、真剣《しんけん》な表情《ひょうじょう》でポーのほうを向《む》いた。「稲妻《いなずま》に打《う》たれたブタがどうなったか、おぼえてる?」

ポーはうなずいた。「**ああ、うん。人間《にんげん》そっくりの変《へん》なゾンビのモブに変身《へんしん》したやつだろ?** 忘《わす》れようったって忘《わす》れられないよ」ポーは肩《かた》をすくめた。

「それって、ほかの動物《どうぶつ》でもそうなるのかな? あそこにいる羊《ひつじ》でも同《おな》じことが起《お》きる?」

ジョディがたずねた。

ポーはカクカクした手《て》をジョディの肩《かた》に置《お》いた。「ジョディ、**ぼくは悪《わる》ふざけって大《だい》すきだよ**。でも、どうしてほかの動物《どうぶつ》をモンスターみたいなゾンビに変《か》

えたいんだい？　ゾンビになったブタのピギー・スーがさびしがってるって心配《しんぱい》してるの？」

「ピギー・スーなら肉食動物《にくしょくどうぶつ》に食《た》べられる心配《しんぱい》がないでしょ？　**だから、あの羊《ひつじ》も変身《へんしん》させれば安全《あんぜん》になるかと思《おも》って**」とジョディ。

ポーは少《すこ》しのあいだ考《かんが》えた。「たしかにそのとおりだ。おかしな発想《はっそう》だけどね。これってほめことばだよ」ポーはジョディにトライデントをわたした。「羊《ひつじ》に向《む》かって投《な》げないといけないけど、自分《じぶん》でやる気《き》？」

ジョディはためらった。「なにかよくないことが起《お》こるかな？　**キズから落《お》ちた稲妻《いなずま》だって、きっとふつうの稲妻《いなずま》だよね？**」

ポーはしばらく四角《しかく》いあごをさすってから、いった。「うーん。だいじょうぶじゃないかな。**きっと死《し》にはしないよ**」

ジョディはにっこり笑《わら》い、ポーとグータッチをした。それから、羊《ひつじ》にゆっくりと近《ちか》づいた。**草《くさ》を食《た》べていた羊《ひつじ》が顔《かお》を上《あ》げたので**、ジョディは手《て》を振《ふ》った。どう見《み》てもジョディは敵《てき》ではないとわかり、羊《ひつじ》はまた草《くさ》を食《た》べだした。

「いい子《こ》ね。わたしが助《たす》けてあげるから」ジョディは声《こえ》をかけた。

ジョディがトライデントをかまえると、ポーが口《くち》を開《ひら》いた。「あっ、いま思《おも》いだしたんだけど、羊《ひつじ》を殺《ころ》しちゃうかもしれない」

「**なんですって!?**」ジョディはそうさけんで、トライデントを投《な》げた。でも、おどろいたおかげで、トライデントは羊《ひつじ》から外《はず》れた方向《ほうこう》に飛《と》んでいった。

そのとき、稲妻《いなずま》が空《そら》のキズからトライデントに向《む》かって落《お》ちてきて、目《め》もくらむような光《ひかり》を放《はな》った。空《そら》から熱《あつ》い火花《ひばな》がふりそそいだ。**する**

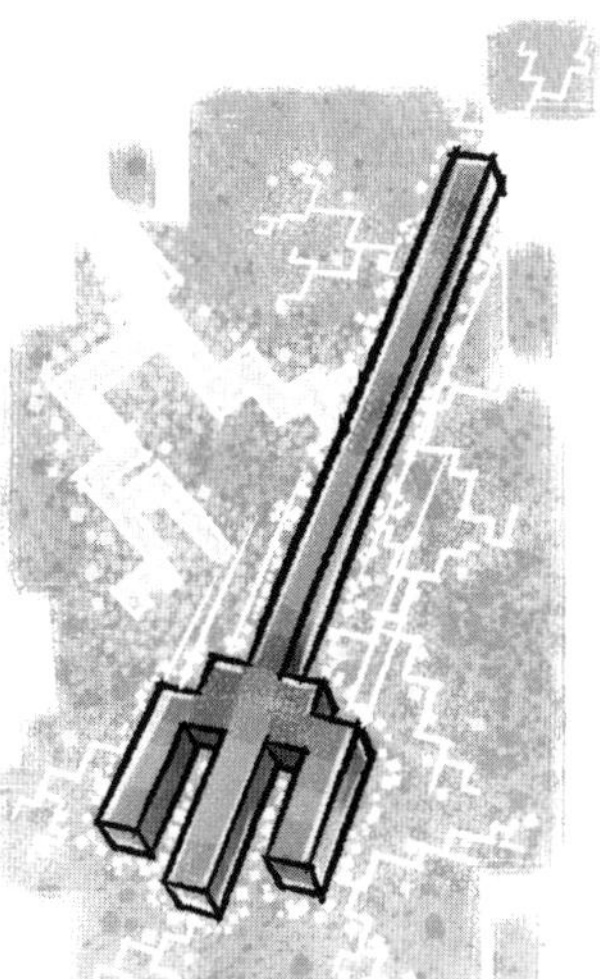

と、火花《ひばな》があたって、近《ちか》くの木々《きぎ》や林《はやし》が燃《も》えはじめ、羊《ひつじ》は逃《に》げていった。

ポーとジョディは顔《かお》を見《み》あわせた。「あの羊《ひつじ》はかしこいね。行《い》こう」とポー。

自分《じぶん》たちの失敗《しっぱい》のせいで起《お》きた火花《ひばな》で、なにかひどいことになっていませんように。2人《ふたり》は仲間《なかま》たちを探《さが》して、木々《きぎ》のあいだをぬうようにして走《はし》った。するとおかしな音《おと》が聞《き》こえてきて、顔《かお》を上《あ》げた。

さっきとはべつのハチの巣《す》が木《き》にぶら下《さ》がっていて、そこから羽《はね》の音《おと》がする。

「どうなってるんだ！　ジョディ？　ポー？」モーガンが呼《よ》んだ。

「ここにいるよ！」ジョディはポーをみんなのほうへ引《ひ》っぱっていった。

うしろからブンブンという音《おと》がせまってくる。うしろだけじゃな

い。横《よこ》からも、前《まえ》からも……。

そこらじゅうから、飛《と》びまわるハチの音《おと》が聞《き》こえてくる。

「なにが起《お》きてるんだ？」仲間《なかま》たちが見《み》えてくると、ポーがたずねた。

「**モーガンがハチにちょっかいを出《だ》したんだ**」とテオ。

「そんなことしてない！　**ハチの巣《す》をちょっとつついただけだよ**」

モーガンがいう。

「なんて音《おと》なの！」ハーパーは耳《みみ》をふさいだ。

「残念《ざんねん》だけど、もしものときにそなえて戦《たたか》う準備《じゅんび》をしておいたほうがいいわ」アッシュが提案《ていあん》した。

アッシュが剣《けん》を抜《ぬ》くと、1匹目《ぴきめ》のハチがあらわれた。最初《さいしょ》に見《み》つけた巣《す》から飛《と》んできて、怒《おこ》ったように羽《はね》をふるわせている。

ジョディは虫《むし》がすきではないが、このハチはまちがいなくかわいかった。大《おお》きな目《め》に、頭《あたま》から飛《と》びでたちっちゃな触覚《しょっかく》。「ああ！　ハチとなんて戦《たたか》いたくないよ」

モーガンがアッシュの剣《けん》をおさえた。「だいじょうぶ。いまのところ、危険《きけん》じゃないよ」

「どうしてわかるの？」とアッシュ。

モーガンは顔《かお》をしかめた。**「攻撃《こうげき》してくるならわかるはずさ。ほんとうだよ」**

最初《さいしょ》の巣《す》からさらに2匹《ひき》があらわれ、最初《さいしょ》の1匹《ぴき》のところまで飛《と》んできた。それだけではなかった。森《もり》じゅうからどんどんハチが集《あつ》まってきたのだ。おそらく、この近《ちか》くに巣《す》がたくさんあるのだろう。

ハチたちが大《おお》きな群《む》れとなって押《お》しよせてきた。**たくさんの羽《はね》が同《どう》時《じ》にふるえて、ブンブンという音《おと》がふくれあがっていく。**

「おもしろいわ。まるで空中《くうちゅう》でダンスをしてるみたい」とハーパー。

ハチたちは大《おお》きなかたまりとなってくるくる回《まわ》り、うずをまいている。ハチたちがスピードを上《あ》げると、あまりの速《はや》さのため、その羽《はね》も体《からだ》もぼんやりとかすみ、羽《はね》の音《おと》はいままでよりも大《おお》きくなった。そしておどろいたことに……ハチたちはあるかたちをつくったのだ。**人間**《にんげん》のかたちだ。手足《てあし》のように並《なら》んだハチもいれば、胴体《どうたい》のかたちにまとまったハチもいる。さらに頭《あたま》は……。

頭《あたま》**は6人**《にん》**を見下**《みお》**ろしているようだ。**

「あれは、新《あたら》しい……」モーガンがそこまでいうと、アッシュがさえぎった。

「しーっ！　なにか聞《き》こえない？」

ジョディは耳《みみ》をすませた。

すると、**羽**《はね》**の音**《おと》がことばのように聞《き》こえることに気《き》

がついた。「**いーていーて**」と何度《なんど》もくり
返《かえ》している。
聞《き》いて、といっているのだろうか？
じっと見《み》ているうちに、すべてのハチの
羽《はね》の動《うご》きがぴったりと合《あ》ってきた。羽《はね》の動《うご》きがいっせいに
速《はや》くなったり遅《おそ》くなったりする。すると、羽《はね》の音《おと》の高《たか》さが
変《か》わった。
ハチたちはなにかを伝《つた》えようとしているのだ。
「**きいぃぃいて、おねぇぇぇ……がいぃぃぃ……**」
その瞬間《しゅんかん》、ものすごい稲妻《いなずま》が近《ちか》くの木《き》に落《お》ちた。
ジョディははっとした。
ハチたちはばらばらになって、思《おも》い思《おも》いの方向《ほうこう》に飛《と》んでいく。
近《ちか》くでは……**炎《ほのお》が森《もり》にどんどん広《ひろ》がっていった。**

第《だい》4章《しょう》

すみません、マインクラフトをプレイしているみなさん、怖《こわ》がらせたくはないのだけれど、火事《かじ》だ!!

森林《しんりん》バイオームに炎《ほのお》が広《ひろ》がっていくようすを、**テオはこおりついたように立《た》ったまま、ただ見《み》つめていた。**

火《ひ》は危険《きけん》だ。いろいろなものをこわしてしまうので、テオがおびえるのもしかたがない。

でも、テオは**怖《こわ》いわけではなかった**。イライラしていたのだ。

「みんな、聞《き》いてくれ。パニックにならないで！」モーガンがいった。「タイガバイオームまで引《ひ》きかえそう。**安全《あんぜん》になってからここにもどってくるんだ**」

「だめだ！　それじゃ手《て》おくれになる」テオが反対《はんたい》した。

「手《て》おくれってどういうこと？」アッシュがたずねる。

「**ハチだよ。ぼくたちになにか伝《つた》えようとしてた。**なにかをいおうとしてたんだ……あっ、大変《たいへん》だ！」とテオ。

炎《ほのお》が近《ちか》くのカシの木《き》まで広《ひろ》がり……またたく間《ま》に1個《こ》のハチの巣《す》をめちゃくちゃにしてしまった。**それを見《み》て、テオはがっくりと肩《かた》を落《お》とした。**

「なんとかしないと。**ハチたちがもう一《いち》度《ど》メッセージを伝《つた》えられるようにしなく**

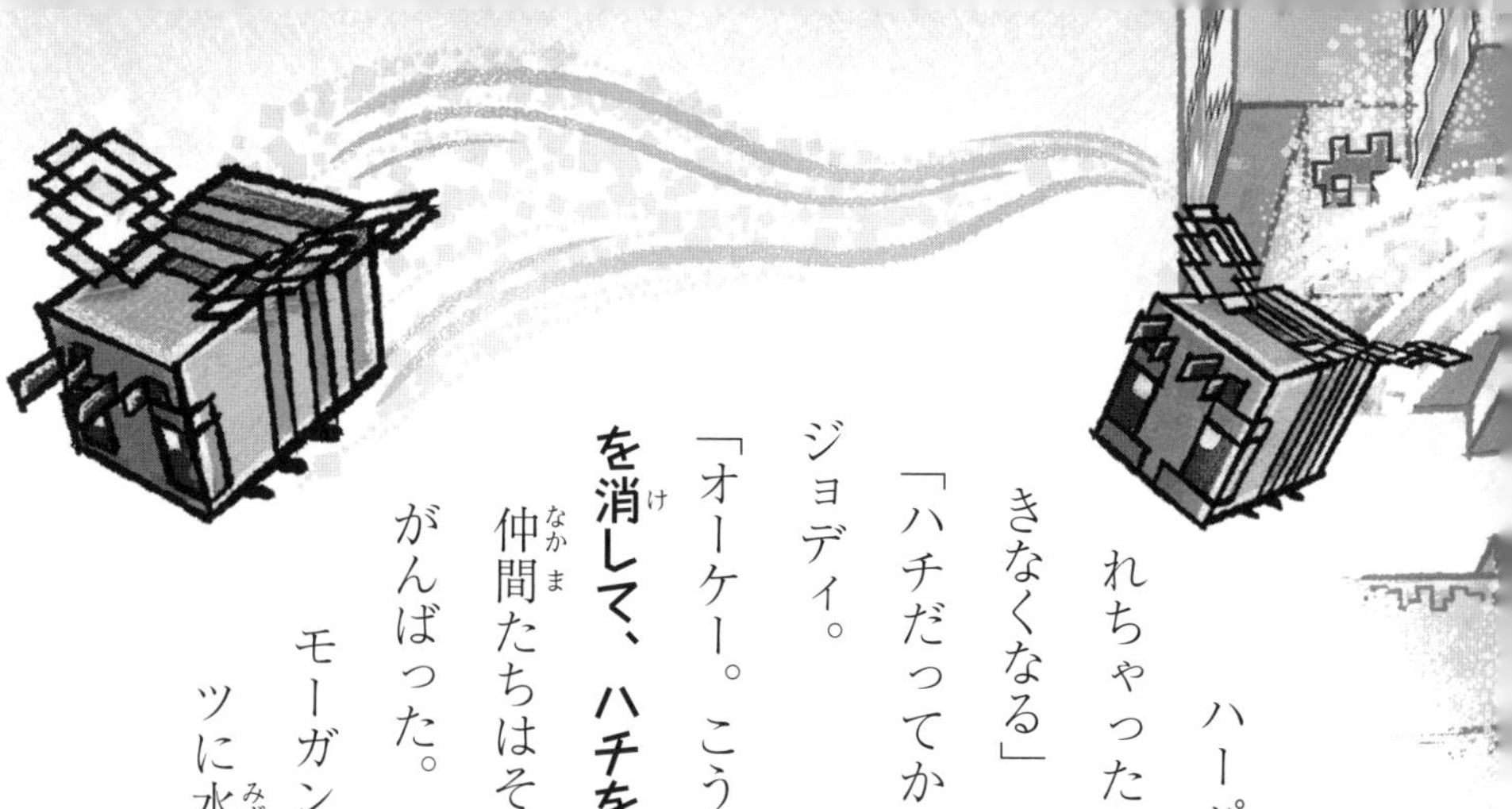

ちゃ」テオがいった。

ハーパーが返《かえ》した。「そのとおりだわ。ハチがやられちゃったら、エヴォーカー・キングをもとどおりにできなくなる」

「ハチだってかわいそうだよ。死《し》にたくないはずだもん」とジョディ。

「オーケー。こうしましょ」アッシュがきっぱりといった。「**火《ひ》を消《け》して、ハチを助《たす》けるのよ**」

仲間《なかま》たちはそれぞれ、火《ひ》が燃《も》えひろがるのを止《と》めるためにがんばった。

モーガンとアッシュは急《いそ》いで近《ちか》くの川《かわ》まで行《い》き、バケツに水《みず》をくんだ。「**こんなものでも役《やく》に立《た》つのかしら?**」アッシュがたずねた。

「この水《みず》を使《つか》って新《あたら》しい水源《すいげん》をつくる。実《じつ》は、森《もり》のまん中《なか》に川《かわ》をつくることができるんだ」モーガンが答《こた》えた。

「いいわね」とアッシュ。

「**水路《すいろ》をつくりましょう**」ハーパーはシャベルを取《と》りだした。「みぞがあれば、そこに水《みず》が流《なが》れてなくても、火《ひ》が草《くさ》に燃《も》えひろがるのを防《ふせ》げるわ」

ハーパーが地面《じめん》にしるしをつけていくと、テオもすぐに動《うご》きだした。ハーパーのすぐうしろについて、土《つち》ブロックを取《と》っていく。「**これで土《つち》の壁《かべ》をつくれば、きっと火《ひ》を防《ふせ》げるよ**」

「**動物《どうぶつ》たちが落《お》ちないようにしてね！**」それから、動物《どうぶつ》たちを水路《すいろ》や壁《かべ》でふさがないで。動物《どうぶつ》が危《あぶ》ない目《め》にあうから！」小麦《こむぎ》の束《たば》を持《も》った

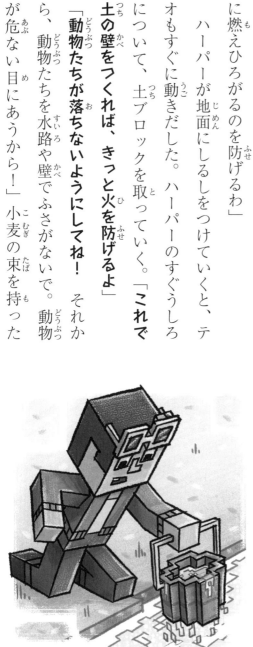

ジョディが、ハーパーとテオの前《まえ》を通《とお》りすぎ、森《もり》のまん中《なか》へと走《はし》っていった。

「置《お》いてきたトライデントを取《と》ってきたほうがよさそうだ。また稲《いな》妻《ずま》が落《お》ちたら大変《たいへん》だからね」とポー。

すると、テオが手《て》を止《と》めた。「**トライデント？** もしかして、ポーのせいでこの火事《かじ》が起《お》きたのか？」

「いまはその話《はなし》をしてる場合《ばあい》じゃない。またあとでね！」ポーは急《いそ》いで走《はし》っていった。

そのとき、ジョディが木《き》のあいだからあらわれた。羊《ひつじ》を安全《あんぜん》なところまで連《つ》れてきたのだ。「**わたしのせいなんだ**。わたしがトライデントを忘《わす》れてきちゃったから。ほんとうにごめんなさい」

「ぼくじゃなくて、ハチにあやまりなよ」そういうテオの目《め》の前《まえ》では、べつのハチの巣《す》が炎《ほのお》につつまれている。

「**ハチの巣《す》を助《たす》けださないと**。もうたくさんだめになっちゃったぞ」とテオ。

「あそこにもあるわ」ハーパーが近《ちか》くの木《き》をシャベルでさした。「巣《す》を木《き》から切《き》りはなしたほうがいいかしら？」

「待《ま》った！ シャベルを使《つか》ったらハチの巣《す》をこわしちゃうぞ」モーガンが注意《ちゅうい》する。

アッシュがハーパーのもとにかけ寄《よ》った。

「シルクタッチのエンチャントをほどこしたツルハシが必要《ひつよう》よ。**ラピスラズリならあるわ**。エンチャントテーブルはある？」

ハーパーはうなずいて、木《き》のそばに作業台《さぎょうだい》を設置《せっち》する。エンチャントテーブルの両《りょう》サイドには本棚《ほんだな》を置《お》いた。「ちょっと待《ま》ってね。だれか火《ひ》を見《み》ててくれない？」

「うしろはまかせてくれ」テオは、ハーパーのそばの木《き》のまわりを土《つち》ブロックで囲《かこ》った。こうすれば、ハーパーは火《ひ》を気《き》にせず作業《さぎょう》に集中《しゅうちゅう》できる。

エンチャントされたツルハシが魔法《まほう》で紫色《むらさきいろ》に光《ひか》った。それなのに、ハーパーは首《くび》を振《ふ》った。「だめだわ。これは幸運《こううん》のエンチャントよ」

「**もう1回《かい》やろう**。きっとうまくいくよ」テオはハーパーに新《あたら》しいツルハシをわたした。持《も》ち物《もの》から材料《ざいりょう》がなくなる前《まえ》にうまくいきますように。

「**やったわ！**」3回目《かいめ》でようやくうまくいった。ハーパーはエンチャントテーブルから光《ひか》るツルハシを取《と》り、巣《す》のいちばん近《ちか》くにいたアッシュに投《な》げた。

アッシュがにっこり笑《わら》い、新《あたら》しいツルハシを振《ふ》って、木《き》からハチの巣《す》を切《き》りはなす。ツルハシはいっそうキラキラ光《ひか》って見《み》えた。

ハーパーはそのハチの巣《す》を受《う》けとって、そーっと運《はこ》んだ。

これでだいじょうぶだといいな。ミツバチがいなくなってしまいませんように。テオは祈《いの》った。

だけど、空《そら》で光《ひか》るキズの下《した》、炎《ほのお》がくすぶり、めちゃくちゃになった森《もり》を見《み》ていると……。

あまり希望《きぼう》が持《も》てない
気《き》がした。

第《だい》5章《しょう》

飛《と》びまわるミツバチ。怖《こわ》がる生徒《せいと》たち。ダンスに参加《さんか》するチャンス！

つぎの日《ひ》、理科《りか》の時間《じかん》になっても、ポーはもうしわけない気持《きも》ちでしかたなかった。トライデントはおもちゃではないのだから、それを森《もり》のまん中《なか》に置《お》いていったら大変《たいへん》なことになる。そのことにもっと早《はや》く気《き》づくべきだったのだ。

「わざとじゃないんだろ？　そんなに自分《じぶん》をせめるなよ」モーガンがなぐさめた。

「ポーじゃなくてわたしのせいだよ。そうでしょ？」ジョディがもうしわけなさそうにいった。

「**ジョディも**軽《かる》はずみだったけどね。羊《ひつじ》を怪物《かいぶつ》に変身《へんしん》させたかったんだって？　そんなことができるとしても、どうしてそうしたかったんだ？」とモーガン。

「羊《ひつじ》の怪物《かいぶつ》ならオオカミから身《み》を守《まも》れるからだよ。ほかの羊《ひつじ》も守《まも》れるでしょ？」ジョディが答《こた》えると、モーガンはまゆをひそめた。「だって、そのときはいいアイデアだって**思《おも》ったんだもん！**」とジョディ。

「そうなんだ。**ぼくも〝なるほど〟って思《おも》ったくらいさ**」ポーがいう。

授業《じゅぎょう》はまだ始《はじ》まっていなかった。ポーがカバンから教科書《きょうかしょ》を出《だ》していると、ハーパーがそばの席《せき》にどすんと座《すわ》りこんだ。

「だいじょうぶかい？」モーガンが気《き》づかった。

「きょうの授業《じゅぎょう》の予習《よしゅう》をしたくて**ハチについての本《ほん》を読《よ》んでたら、夜《よ》ふかししちゃったの**」ハーパーが答《こた》えた。

ポーがふむふむとうなずいた。「わかるよ。宿題《しゅくだい》が増《ふ》えたら、ぼく

もうんざりしちゃうからね」
「そういうことをいってるんじゃないのよ。**コロニー崩壊症候群**《ほうかいしょうこうぐん》について読《よ》んだんだ。それって、ミツバチの群《む》れが……いなくなっちゃうことなの。科学者《かがくしゃ》たちも原因《げんいん》がまったくわからないんだけど、あちこちで起《お》きてる」**ハーパーは机《つくえ》につっぷした。**「環境《かんきょう》のことが心配《しんぱい》で、落《お》ちこんじゃうわ」
「うーん、**きょうはみんな、いろいろあるなあ**」モーガンがいった。
「ミツバチはね」ドクが突然《とつぜん》、元気《げんき》よく話《はな》しだし、授業《じゅぎょう》が始《はじ》まった。ポーはおどろいてドクのほうに顔《かお》を向《む》けた。「自然《しぜん》のふしぎなんだよ。ミツバチがいなかったら、フルーツだって、花《はな》だって、ハチミツだって、手《て》に入《はい》らなくなる！」

ポーの顔色《かおいろ》が変《か》わった「そんな……困《こま》るよ。だって**ママは、ピーナツバターとハチミツのサンドイッチにハチミツを入《い》れてる**。ハチミツが味《あじ》の決《き》め手《て》なんだよ！」

「けなげなミツバチたちに、サンドイッチのお礼《れい》をいわないとね、ポー」そういうと、ドクは少《すこ》し考《かんが》えこんだ。「それから、お母《かあ》さんにもね。ポーはサンドイッチくらい自分《じぶん》でつくれる年《とし》なんだから」

ポーはぎくりとした。

そのとき、クラスメートのシェリー・シルバーが手《て》をあげた。「でも、**どうして**ミツバチはハチミツを集《あつ》めるんでしょうか？　わたしたちのためではないですよね？」

「**そうだね。**ハチがみつを集《あつ》めるのは、花《はな》のさかない冬《ふゆ》のあいだに食《た》べるためだよ。通常《つうじょう》、ミツバチは花《はな》のみつを食《た》べる。だから、ミツバチが花《はな》のまわりをブンブン飛《と》んでるのを、よく見《み》かけるんだ」ドクが答《こた》えた。

テオがめずらしく遅《おく》れて教室《きょうしつ》に入《はい》ってきた。「すみません、ドク。ミス・ミネルヴァに呼《よ》ばれていて……その、ミス・ミネルヴァにこのメモを読《よ》むよう頼《たの》まれました」

「**読《よ》んでみて**」とドク。

テオはオホンとせきばらいしてから、大《おお》きな声《こえ》で読《よ》みはじめた。「ドクへ、理科《りか》の授業《じゅぎょう》に遅《おく》れたテオを許《ゆる》してあげてください。**テオは、本校《ほんこう》の新《あたら》しい課外活動《かがいかつどう》、ウッズワード校《こう》ガーデニングと庭《にわ》づくりクラブのメンバーなのです。だれかさん**が、校舎前《こうしゃまえ》の庭《にわ》に児童《じどう》を100人《にん》も集《あつ》めて、みんなが芝生《しばふ》を踏《ふ》みあらすのをいいアイデアだと考《かんが》えてからというもの、わたしたちは大《おお》いそがしです。ミス・ミネルヴァより」テオが困《こま》ったように笑《わら》いながらいった。「ミス・ミネルヴァは少《すこ》し笑《わら》ってましたけど、怒《おこ》ってるようにも見《み》えました……」

「おつかれさま、テオ。席《せき》について。返事《へんじ》を書《か》いておくから、あとでミネルヴァにわたして。正直《しょうじき》にいうと、芝刈《しばか》り機《き》とのこぎりと生《い》け垣刈《がきか》り機《き》を合体《がったい》させたわたしの機械《きかい》を使《つか》ってくれてたら、芝生《しばふ》はとっくにきれいになってるはずなんだ。それなのに、ミネルヴァは〝その機械《きかい》は刃《は》が多《おお》すぎる〟っていって反対《はんたい》したんだよ」

テオはそっと席《せき》についた。メモを持《も》って、2人《ふたり》の先生《せんせい》のあいだを

行《い》ったり来《き》たりする役目《やくめ》なんて、できればやりたくなさそうだ。

ポーはテオの背中《せなか》をポンとたたき、なぐさめるように笑《わら》いかけた。

「ここでの問題《もんだい》は、ミネルヴァが女王《じょおう》バチみたいに意見《いけん》を通《とお》そうとするところだね……それはわたしも同《おな》じだよ。でも、ハチの群《む》れには、女王《じょおう》はぜったいに1匹《ぴき》しかいないんだ」とドク。

モーガンが質問《しつもん》した。「女王《じょおう》のほかにはどんな種類《しゅるい》のハチがいるんですか？　**王様《おうさま》バチや王室高官《おうしつこうかん》バチは？**」

「宮廷道化師《きゅうていどうけし》バチは？」ポーも聞《き》いた。

ドクは首《くび》を振《ふ》った。「女王《じょおう》バチ以外《いがい》、群《む》れにいる大人《おとな》のハチはすべて、オスバチか働《はたら》きバチなんだ。オスバチは男《おとこ》のハチだよ。針《はり》がなくて、巣《す》に残《のこ》って女王《じょおう》バチにつかえる。でも、働《はたら》きバチはね、ああ！　働《はたら》きバチはメスのハチで、外《そと》に出《で》て、世界《せかい》じゅうを飛《と》びまわるんだ」

そのとき、まるでドクが呼《よ》びよせたように、1匹《ぴき》のハチが、開《あ》けてあった窓《まど》から飛《と》んできた。ドクは、ハチを招《まね》き入《い》れるようににっこりと笑《わら》った。

だが、モーガンは悲鳴《ひめい》を上《あ》げた。「**ハチだ！**」

「気《き》をつけろ、こっちに来《き》たぞ！」ポーもさけぶ。

ほかにも何人《なんにん》かが大声《おおごえ》を上《あ》げていた。教室《きょうしつ》の子《こ》どもたちの半分《はんぶん》が席《せき》を立《た》ち、ハチから逃《に》げようと、しゃがんだり、よけたりした。

「ちょっと、みんな！　**心配《しんぱい》いらないよ**」ドクは両手《りょうて》を上《あ》げて、みんなを落《お》ちつかせようとする。

「心配《しんぱい》いるよ」ポーはハチから目《め》をはなさないようにして、いった。「ハチの針《はり》には毒《どく》があるんだ。だから、さされると痛《いた》いし、はれるし、アレルギー反応《はんのう》だって

起《お》こる」

「あら？　ポーも**予習**《よしゅう》してきたのね」とハーパー。

「**ミツバチがさすのは、女王**《じょおう》**や仲間**《なかま》**を守**《まも》**るためだよ。**ミツバチはおだやかな性格《せいかく》だし、わけもなく攻撃《こうげき》なんてしない」ドクが説明《せつめい》した。

「じゃあ、みんな落《お》ちついたほうがいいわね」そういうと、**ハーパーはハチに近**《ちか》**づいていき、紙**《かみ》**をうまく使**《つか》**ってミツバチを窓**《まど》**から外**《そと》**に逃**《に》**がした。**

「おみごと！」とドク。「いまのは、ちょっと冒険《ぼうけん》していた働《はたら》きバチだよ。みつが見《み》あたらなかったから、べつのところを探《さが》すんだろうね」

ジョディが質問《しつもん》した。「**働**《はたら》**きバチは、みつが見**《み》**つかったらどうするんですか？**　花《はな》でいっぱいの庭《にわ》を見《み》つけたら、食《た》べ物《もの》がいっぱいですよね！　でも、働《はたら》きバチひとりでは、ぜんぶ持《も》って帰《かえ》れないでしょう？」

「そうだね。むりだ。手伝《てつだ》ってもらわないと。じゃあ、どこで助《たす》けを探《さが》すと思《おも》う？　きみたちならどうする？」ドクが聞《き》き返《かえ》した。

「**ぼくなら仲間《なかま》のところに帰《かえ》るよ**。ほかの働《はたら》きバチにその庭《にわ》の話《はなし》をするんだ。そしたら、みんながみつを運《はこ》ぶのを手伝《てつだ》ってくれる」ポーが答《こた》えた。

「でも、どうやって伝《つた》える？　**ミツバチのポーは話《はな》せないよ！**」ドクがいう。

「そうか。えっと……その方向《ほうこう》をさすとか？」

「おしいね。ミツバチは、仲間《なかま》とコミュニケーションをとるとき、動《うご》きで伝《つた》えるんだ。複雑《ふくざつ》な身《み》ぶりを組《く》み合《あ》わせて、食《た》べ物《もの》を見《み》つけた場所《ばしょ》だけじゃなく、食《た》べ物《もの》の質《しつ》や量《りょう》についても伝《つた》えることができるんだよ」

ジョディは思《おも》わず想像《そうぞう》してしまった。**自由気《じゆうき》ままな想像力《そうぞうりょく》の持《も》ち**

主《ぬし》、ジョディの頭《あたま》には、おかしなパーティーで、ドクが人間《にんげん》と同《おな》じサイズのミツバチとおどる姿《すがた》が浮《う》かんでいた。ドクとハチはすばらしいダンスをしている。

「あの、いま、いってましたけど、ハチたちは**ダンス**をして伝《つた》えるんですか？」ポーがたずねた。

「そうだよ」ドクがきっぱりという。

ポーは目《め》を大《おお》きく見開《みひら》いた。

「ぼくもハチのようになりたいよ。あまり話《はなし》をしないで、リズミカルに動《うご》くんだ！」そういうと、ポーは手首《てくび》と指《ゆび》をしっかり使《つか》い、うでを動《うご》かして、自分《じぶん》なりのミツバチダンスをおどった。ま

るで空中《くうちゅう》に魔法《まほう》をかけているようだ。そこにジョディもくわわって、頭《あたま》の上《うえ》で両手《りょうて》を振《ふ》った。

「**このダンスは……**ハーパー、元気《げんき》を出《だ》して！って**伝《つた》えてるんだよ**」

とジョディ。

ハーパーは笑《わら》った。「うん、ちゃんと伝《つた》わったわ！」

「ポーとジョディはよくわかってるね。さあ、みんなもミツバチを少《すこ》し見習《みなら》おう」とドク。

クラスのみんなが歓声《かんせい》を上《あ》げた。立《た》ちあがる子《こ》もいれば、座《すわ》ったままの子《こ》もいるけれど、**みんなが自分《じぶん》なりのリズムでおどりはじめた。**

ぼくらの〝群《む》れ〟って最高《さいこう》だね。
ポーはそう思《おも》った。

第《だい》6章《しょう》

メール、テキスト、ポップアップ広告《こうこく》の世界《せかい》では、メッセージは受信《じゅしん》されてきた……だいたいは。

「これ、どうかな**ブーン**?」ポーがたずねた。

ハーパーは、ポーの新《あたら》しいスキンを見《み》て笑《わら》った。

「いいわね！　そのかっこう、**バッチリ**決《き》まってるわよ」とハーパー。

ポーは、まるであたりまえのように、ハチのスキンにしていた。

黄色《きいろ》と茶色《ちゃいろ》のしまもよう、頭《あたま》から飛《と》びでた短《みじか》い触覚《しょっかく》、背中《せなか》には2枚《まい》の羽《はね》がある。

「その羽《はね》で飛《と》べるの？」ジョディがたずねた。

「そうだったらいいんだけど。残念《ざんねん》ながら、ただの飾《かざ》りなんだ」とポー。

「エリトラの羽《はね》がなくて残念《ざんねん》だ。あれがあったら、空《そら》を飛《と》んだり、滑空《かっくう》したりできるのに」とモーガン。

「あのさ、それならできるかもしれないよ。家《いえ》のコンピューターからこのバージョンのゲームに、エリトラを取《と》りこめたからね」テオがいった。

「例《れい》のことが解決《かいけつ》するまでは、やめておいたほうがいいかも」モーガンは空《そら》のキズをさした。**「いまはコードをいじらないほうがいい。もっと悪《わる》いことが起《お》きるかもしれない」**

「悪《わる》いことなら、もう起《お》きたよ。**森《もり》をこんなにめちゃくちゃにしちゃって落《お》ちこんじゃう」**そういって、ジョディは台《だい》なしになった森《もり》をかなしそうに見《み》つめた。木《き》や花《はな》がほとんど燃《も》えてしまっていた。

「ぼくもだよ。もうしばらくここにいて、森《もり》をもとにもどせないかなあ」とポー。

「とんでもない！　チョウチョウを探《さが》すのが先《さき》さ！　いまはそれが大事《だいじ》だよ」テオは反対《はんたい》した。

「テオは庭《にわ》づくりクラブのメンバーじゃなかったっけ？　**このあたりも手入《てい》れが必要《ひつよう》じゃないのか？**」ポーがいった。

「それは現実世界《げんじつせかい》での話《はなし》さ。花《はな》の森《もり》のバイオームは、本物《ほんもの》の植物《しょくぶつ》が生《は》えてる現実《げんじつ》の場所《ばしょ》じゃないっていっただろ？　そういうふうに見《み》えるようプログラムされてるだけなんだ。めちゃくちゃに見《み》えてても、たいした問題《もんだい》じゃない」テオがいいかえした。

「テオのいうとおりだ。火事《かじ》のせいでずいぶん遅《おく》れたけど、気《き》をとりなおして、やるべきことをやらないと」とモーガン。

「**これだって、きっとやるべきことだよ**。ここをなんとかしよう」ジョディもゆずらない。

「ぼくらがなんとかするのは、**あれだよ**」そういって、モーガンはもう一度《いちど》キズをさした。「どう考《かんが》えても時間《じかん》がない」

「アッシュだったら、わたしとポーの味方《みかた》をしてくれるはず」とジョディ。

「アッシュなら、きょうは来《こ》ないぞ。**向《む》こうの学校《がっこう》でガールスカウトの集《あつ》まりがあったから**」モーガンはハーパーのほうを向《む》いた。「賛《さん》成《せい》と反対《はんたい》がいま2対《たい》2。どうなるかは、ハーパーの意見《いけん》しだいだよ」

ハーパーはしばらくもじもじしていた。自分《じぶん》の意見《いけん》でチームのこのあとの行動《こうどう》が決《き》まるなんて、困《こま》ってしまう。ハーパーにはどちらのいい分《ぶん》もよくわかった。

それでも、森《もり》をこんなにめちゃくちゃにしておくのは、まちがっている気《き》がした。「花《はな》と木《き》のない花《はな》の森《もり》のバイオームはどうなるのかしら？　**ここを少《すこ》し整《ととの》えてから、ハチやチョウを見守《みまも》ることもできるわよね。**具体的《ぐたいてき》には……」ハーパーは持《も》ち物《もの》から、さっき取《と》っておいたハチの巣《す》を取《と》りだした。

「それがあったか！」テオがいった。

「ずっと見《み》てたんだけど、わたしが持《も》ってると、巣《す》の中《なか》にハチがいても出《で》てこないみたいなの。**だから、森《もり》の再生計画《さいせいけいかく》の第一歩《だいいっぽ》はこの巣《す》のために新《あたら》しい木《き》を見《み》つけること**」とハーパー。

「うまくまとまったんじゃないか」モーガンも賛成《さんせい》のようだ。

「持《も》ち物《もの》の中《なか》に花《はな》があったはずだよね。染色《せんしょく》に使《つか》うつもりだったけど、ここに植《う》えよう」とジョディ。

テオが小《ちい》さな木《き》をかかげた。「苗木《なえぎ》もあるよ。木《き》を集《あつ》めたときにひろっておいたんだ。バイオームの近《ちか》くでもっと手《て》に入《はい》るはず」

「**ブーンブーン**。うまくいきそうで、いいきぶーん！」とポー。**仲間《なかま》たちはさっそく取《と》りかかった**。火事《かじ》が起《お》きたときは、全《ぜん》員《いん》ばらばらに動《うご》いていて、やる気《き》はあっても、みんなが少《すこ》しパニックになっていた。でもいまは一丸《いちがん》となって取《と》りくんでいる。だから、ハーパーもいい気分《きぶん》だった。

それぞれの花《はな》をどこに植《う》えるか、みんなで話《はな》しあった。「**この日《ひ》なたにさいてるタンポポは、なんだかうれしそう**」ジョディがいった。

5人《にん》は苗木《なえぎ》もいちばんいい場所《ばしょ》に植《う》えた。

「こんなふうに4本《ほん》まとめて植《う》えると、1本《ぽん》の大《おお》きな木《き》に育《そだ》つよ」モーガンが説明《せつめい》した。

ハチの巣《す》にぴったりの場所《ばしょ》を見《み》つけたポーがいった。「あのカシの木《き》がよさそうだ**ブーン**」

ハチの巣《す》を設置《せっち》したのはハーパーだ。土《つち》の階段《かいだん》を上《のぼ》って、木《き》の高《たか》いところに巣《す》を置《お》く。するとすぐに、ブンブンという音《おと》が聞《き》こえてきた。

「うまくいったわ」ハーパーは階段《かいだん》をぴょんぴょん飛《と》びはねてもどってきた。「出《で》てきたわよ!」

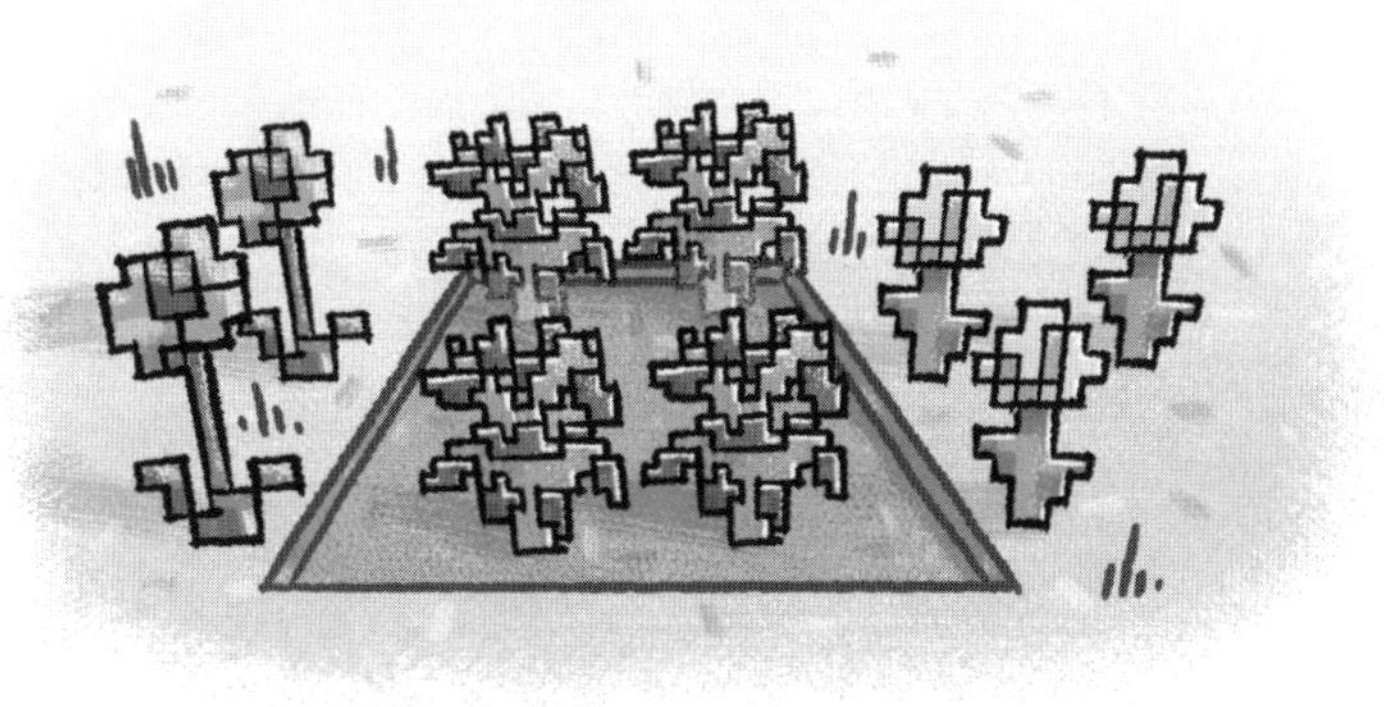

巣《す》から3匹《びき》のハチがあらわれ、木《き》のまわりを飛《と》びまわっている。

「新《あたら》しいおうちを気《き》に入《い》ってくれたみたい」ジョディがうれしそうにいった。

「でも、また群《む》れになって、人《ひと》のかたちをつくって、さっきのメッセージを伝《つた》えてくれるかな?」とモーガン。

ハーパーは首《くび》を振《ふ》って、まゆをひそめた。「3匹《びき》じゃ足《た》りないわね。でも、ほかに羽《はね》の音《おと》は聞《き》こえてこないし。**あの火事《かじ》で生《い》きのこったのは、これだけなんじゃないかしら**」

「それになんだか……調子《ちょうし》が悪《わる》そうだ。ほら。さっきからずっと同《おな》じ動《うご》きを

してるみたい」

テオのいうとおりだった。それぞれのハチはちがう動《うご》きをしているものの、1匹《ぴき》1匹《ぴき》は決《き》まった動《うご》きしかできなくなっているようだ。

「あのハチはぐるぐる回《まわ》ってるだけよ」とハーパー。

「動《うご》き、ねえ」すると、触覚《しょっかく》の下《した》にあるポーの目《め》がきらりと光《ひか》った。「その動《うご》きになにか意《い》味《み》があるとしたら？　現実《げんじつ》のハチみたいに、**動《うご》きでなにかを伝《つた》えようとしてるのかも！**」

ハチたちは突然《とつぜん》、ポーのいうとおりだというように、いっせいに羽《はね》を鳴《な》らした。

「ぐるぐる回ってるのは、ゼロをあらわしてるってこと？」テオがたずねた。

「アルファベットのＯかも！　だって、こっちのハチはＰを書《か》いてるみたいだし」とジョディ。

「そうか。**みんな、ＰＯ《ポー》ってぼくの名前《なまえ》だよ！**」とポー。

ハーパーが笑《わら》う。「ただのぐうぜんでしょ。だって、３匹目《びきめ》のハチはＲを書《か》いてるわ」

「ＰＲＯ《プロ》？　プロフェッショナルのこと？　だれにとって、どんな意味《いみ》があるんだろう？」モーガンが首《くび》をひねる。

「略語《りゃくご》かも。アメリカをＵＳＡっていうみたいに」とテオ。

ハーパーが組《く》み合《あ》わせを考《かんが》えてみる。「ＰＲＯだといろんな意味《いみ》に

なるな。PORかORPって
ことも……」
「**こんなのわかりっこない
よ**」モーガンが頭《あたま》をかかえた。
「そんなことないわよ。でも、
調《しら》べる必要《ひつよう》はあるわね」ハー
パーはにっこり笑《わら》った。
「**明日《あした》、図書館《としょかん》で調《しら》べたい人《ひと》
は？**」

第《だい》7章《しょう》

勉強《べんきょう》の時間《じかん》！　でも図書館《としょかん》ではお静《しず》かに。

つぎの日《ひ》の放課後《ほうかご》、**いつものように仲間《なかま》たちはストーンソード図《と》書館《しょかん》に集《あつ》まった。**

でもこの日《ひ》は、コンピューターやVRゴーグルが目的《もくてき》ではなかった。モーガンは受付《うけつけ》に行《い》った。

「**こんにちは、マロリーさん**」モーガンはメディアの専門家《せんもんか》、マロリーさんにあいさつした。「信号《しんごう》や暗号《あんごう》について、どんな本《ほん》がありますか？」

マロリーさんはなにも答《こた》えず、デスクをトントンとたたいた。

「えっと、**マロリーさん、聞《き》いてますか？**」モーガンが聞《き》き返《かえ》した。

マロリーさんがにやりと笑《わら》う。「きみはモールス信号《しんごう》を知《し》らないみたいだね。ぼくはデスクをたたいて質問《しつもん》に答《こた》えたんだよ。そういう本《ほん》はたくさんあるよってね。案内《あんない》しよう。ついておいで！」

数分《すうふん》もしないうちに、モーガン、ハーパー、ポー、ジョディは、**マロリーさんが集《あつ》めてくれた本《ほん》の山《やま》を調《しら》べるために、**小《ちい》さな会議室《かいぎしつ》に集《あつ》まった。ハーパーは、インターネットで調《しら》べられるよう、スマートフォンも用意《ようい》した。

「かなりむずかしそうだなあ」ポーはこめかみをこすった。

「そうだね。パズルが得意《とくい》なテオがいてくれたらなあ」とモーガン。

「ガーデニングも得意《とくい》だといいんだけど。ここに来《く》る途中《とちゅう》、ミス・ミネルヴァの庭《にわ》づくりクラブにいるテオを見《み》たよ」ジョディがいった。

そのとき、電話《でんわ》が鳴《な》った。「おっと！」ハーパーがいった。「**アッシュ**

モールス信号《しんごう》

アメリカ人《じん》の電気技師《でんきぎし》で画家《がか》のモールスが考《かんが》えた通信符号《つうしんふごう》を使《つか》った信号《しんごう》のこと。長短《ちょうたん》2種《しゅ》類《るい》の組《く》み合《あ》わせによって文字《もじ》をあらわす。

がおり返《かえ》し電話《でんわ》をかけてきてくれたみたい。ちょっと待《ま》ってね……」

ハーパーは積《つ》みあがっている本《ほん》にスマートフォンを立《た》てかけた。画面《がめん》にあらわれたアッシュは、手《て》を振《ふ》ってあいさつをした。

「こんにちは、みんな! ハーパーから話《はなし》は聞《き》いてるわ。**わたしもここで手伝《てつだ》うわね**」

モーガンの気分《きぶん》は落《お》ちついた。アッシュのおかげだ。モーガンは、自分《じぶん》がチームのリーダーだと思《おも》うのがすきだけど、楽《らく》じゃないときもある。でも、アッシュは自然《しぜん》に問題《もんだい》を解決《かいけつ》してしまう。自信《じしん》に満《み》

ちていてけっしてあせらないアッシュがいると、むずかしい問題《もんだい》でもどうにかなるような気《き》がしてくる。モーガンはそのことにずっと前《まえ》に気《き》がついたのだ。

ジョディは、図書館《としょかん》で飼《か》っているハムスターを画面《がめん》に映《うつ》した。「**ディンプルズ公爵夫人《こうしゃくふじん》、アッシュにあいさつしなさい！**」

アッシュはおじぎをした。「公爵夫人《こうしゃくふじん》、またお会《あ》いできて光栄《こうえい》ですわ」

ディンプルズ公爵夫人《こうしゃくふじん》はうれしそうにチューと鳴《な》いた。

「オーケー、アッシュ。わたしたちはストーンソード図書館《としょかん》にある本《ほん》を、片《かた》っぱしから見《み》ていくわ。略語《りゃくご》にしぼったほうがいいかしら？」ハーパーがたずねた。

「ぼくはまだ、答《こた》えは〝Please《プリーズ》 Reheat《リヒート》 Oatmeal《オートミール》（オートミールをあたためなおしてね）〟じゃないかと思《おも》ってるけど」とポー。

モーガンが「ふう」と息《いき》を吐《は》いた。「それもリストに入《い》れておくよ。あたってるとは思《おも》えないけど」

「**わたしにまかせて**。といいたいところだけど……わたしのガールスカウト仲間《なかま》に手伝《てつだ》ってもらってもいいかしら？」アッシュが提案《ていあん》した。

「それはどうかなあ」モーガンはむっとして、考《かんが》えてみることもしないで、そう口《くち》にしていた。

ハーパーは、開《ひら》いた本《ほん》の上《うえ》からモーガンをちらりと見《み》た。「**いいじゃない**。略語《りゃくご》を探《さが》すとしたら何千個《なんぜんこ》も可能性《かのうせい》があるのよ。人手《ひとで》が多《おお》ければ多《おお》いほど、時間《じかん》がかからないわ」

「まあ、そうだね。ただ……」とモーガン。

「モーガンはだれかにおもちゃを貸《か》すのがいやなんだよ。いっつもそうなんだから」とジョディ。

「**貸《か》した**おもちゃをぜんぶ妹《いもうと》に**こわされた**せいなんだ」**モーガンは顔《かお》をしかめた。**

「モーガン、気持《きも》ちはわかるけど、ドクのVRゴーグルのことはいままでないしょにしてきたわ。みんなは、わたしたちが毎日《まいにち》ふつうにマインクラフトをしてると思《おも》ってる。バーチャルな世界《せかい》に入《はい》ってこわれた人工《じんこう》知能《ちのう》を助《たす》けようとしてるなんて、だれも思《おも》ってないわよ」ハーパーがいった。

「**話《はな》したって**信《しん》じてもらえないんじゃないかな」ポーが笑《わら》った。

「ハーパーのいうとおりだ」モーガンがいった。「**ゴーグルのことは、ぼくらだけの秘密《ひみつ》にしておきたい**。この集《あつ》まりを、ぼくらだけの特《とく》別《べつ》なものにしておきたいんだよ。前《まえ》にぼくは、アッシュやテオを仲《なか》間《ま》に入《い》れたがらなかっただろ？」

「それなのに、どうなったんだっけ？　いまでは**前《まえ》からずっと**仲間《なかま》だったみたいになってるじゃない」とジョディ。

モーガンはじっと考《かんが》えこんでいたが、ようやく口《くち》を開《ひら》いた。「わかった。**このなぞを解《と》くには、たくさんの人《ひと》の力《ちから》が必要《ひつよう》だ**。ただ……よけいなことは教《おし》えないようにしよう。いいかい？」

「わかったわ。ありがとう、モーガン。いったん電話《でんわ》を切《き》って、取《と》りかかるわね」とアッシュ。

仲間《なかま》たちは、ハチのメッセージを解《と》くための手《て》がかりがないか、山積《やまづ》みになった本《ほん》を細《こま》かく調《しら》べた。すると20分後《ぷんご》、マロリーさんがやってきた。

「もう1冊《さつ》見《み》つけたよ。じゃまして悪《わる》いんだけど、**この集合精神《しゅうごうせいしん》の働《はたら》きについても見《み》てくれないか！**」

「**集合精神《しゅうごうせいしん》？**　それってどういう意味《いみ》ですか？」ポーがたずねた。

「きみたちが、ほんとうによく協力《きょうりょく》しあってるってことだよ」マロリーさんが説明《せつめい》した。「集合精神《しゅうごうせいしん》っていうのは、図書館《としょかん》の庭《にわ》であずかってるハチみたいに、社会性《しゃかいせい》のある昆虫《こんちゅう》に見《み》られる現象《げんしょう》だ。それぞれの昆虫《こんちゅう》は自分《じぶん》のことをしてるけど……同時《どうじ》に、全員《ぜんいん》が群《む》れのために行動《こうどう》してるっていう考《かんが》えかただよ。**ちょうど、ハチが、ひとつに結《むす》びついた社会《しゃかい》の小《ちい》さな一部《いちぶ》であるようにね。きみたちの体《からだ》が、たくさんの小《ちい》さな細胞《さいぼう》からできてるようなものだ**」

モーガンはあることを考《かんが》えた。「マロリーさん、群《む》れのハチがほとんどいなくなってしまったら、どうなりますか？」

「うーん、仕事《しごと》をするハチが足《た》りなくなったら、その群《む》れは困《こま》るだ

ろうね。ひょっとすると、群《む》れごとなくなってしまうかもしれない」

マロリーさんはじっと考《かんが》えたあとでそういって、肩《かた》をすくめた。「でも、卵《たまご》を産《う》む女王《じょおう》バチがいれば、かわりのハチが生《う》まれてくる。新《あたら》しいハチがオスのハチや働《はたら》きバチになって、いなくなったハチの仕《し》事《ごと》を引《ひ》きうけるんだ」

モーガンが笑顔《えがお》になった。「ありがとうございます。マロリーさん。とても助《たす》かりました」

「そうかい？　それならよかった。**暗号《あんごう》の解読《かいどく》と集合精神《しゅうごうせいしん》に関係《かんけい》があるかどうかはわからないけど、**子《こ》どもたちがいっしょうけんめい学《まな》んでるのを見《み》るのはいいもんだ。ぼくは先生《せんせい》になったほうがよかったのかも……」マロリーさんはにっこりした。

マロリーさんが行《い》ってしまうと、モーガンはみんなに向《む》かっていった。「いまのが答《こた》えだよ。火事《かじ》から生《い》きのこったハチだけじゃ、メッセージをきちんと伝《つた》えるには足《た》りなかったんだ。**稲妻《いなずま》が落《お》ちる前《まえ》、ハチたちはきっと文字《もじ》で伝《つた》えようとしてたんだよ！**」

「暗号《あんごう》を解《と》く必要《ひつよう》はないのね。マインクラフトのハチをもっと増《ふ》やせばいいだけよ！」ハーパーが急《きゅう》に元気《げんき》な声《こえ》でいって、指《ゆび》をパチンと鳴《な》らした。

「そうさ。ハチの群《む》れが大《おお》きくなったら、メッセージを伝《つた》えるためにハチたちが力《ちから》を貸《か》してくれるはず」モーガンは時計《とけい》を見《み》た。「きょうはプレイする時間《じかん》がなさそうだけど、明日《あした》、また集《あつ》まれば――」

ちょうどそのとき、テオがハーパーを探《さが》すために部屋《へや》に入《はい》ってきた。鼻《はな》は日焼《ひや》けしていて、ガーデニング用《よう》の厚《あつ》い軍手《ぐんて》をはめている。

「まだいたんだ。よかった！」

「いいところに来《き》たわね、テオ。なんとかなりそうよ」とハーパー。

「その話《はなし》、ちょっと待《ま》って。**学校《がっこう》から来《き》たんだけど……シェーンさんが置《お》いてってくれたハチの巣《す》のそばを通《とお》ったんだ。そしたら――**」

「どうしたの?」ハーパーがたずねた。

「ハチたちのようすがおかしいんだ。病気《びょうき》だよ。**死《し》にかけてる**」

第《だい》8章《しょう》

ああ、かわいそうなバズビー！
きみのことは知《し》らなかったよ（グスン）

ハーパーは巣箱《すばこ》のそばの草《くさ》むらにしゃがんだ。元気《げんき》そうなハチたちは、羽音《はおと》を立《た》てて、巣箱《すばこ》を行《い》ったり来《き》たりしている。

でも、あきらかに元気《げんき》のないハチは、うまく飛《と》べないようだ。空《そら》からハチが1匹《ぴき》落《お》ちてきたので、ハーパーはそのハチをひろいあげた。

「気《き》をつけて。さされないように」モーガンが声《こえ》をかけた。

「このガーデニング用《よう》の軍手《ぐんて》は厚《あつ》いんだ。**ほら、ハーパー、**

これを使《つか》いなよ」テオが予備《よび》の軍手《ぐんて》をわたした。

ハーパーとテオは、軍手《ぐんて》をはめて、草《くさ》むらを進《すす》んでいった。落《お》ちているミツバチをひろっては、巣《す》箱《ばこ》の上《うえ》にもどしていく。「こうすれば、ハチもだれかに踏《ふ》まれずにすむ。でも、どうしてこんなことになってるのかしら？」とハーパー。

「ああ！　**この子《こ》はもうだめだよ**」ジョディが1匹《ぴき》のハチを手《て》のひらにやさしくのせた。そのハチはじっとしたまま、小《ちい》さなボールのように丸《まる》くなっている。

「かわいそうに。**ちゃんと埋《う》めてあげようよ**」ポーがいった。

「みんなは埋《う》める準備《じゅんび》をしておいて。わたしはちょっと

行《い》ってくる」とハーパー。
ハーパーは原因《げんいん》を知《し》りたかったのだ。
そのための行《ゆ》き先《さき》はひとつしかない。

「ドク！　ハチたちのようすがおかしいの」ハーパーは理科室《りかしつ》にかけこんでそういった。
学校《がっこう》は１時間《じかん》近《ちか》く前《まえ》に終《お》わっていたのに、ドクがまだ残《のこ》っていたなんて運《うん》がいい。**実験中《じっけんちゅう》だったドク**は安全《あんぜん》ゴーグルを外《はず》し、おでこにかけた。「ハーパー？　どうしたんだい？」

ハーパーは軍手《ぐんて》をはめた手《て》をさしだした。手《て》のひらのハチはまだ生《い》きてはいるものの、じっとしていた。飛《と》ぼうともしなければ、動《うご》こうともしない。

「この子《こ》が空《そら》から落《お》ちてきたんです。**同《おな》じようなハチが何匹《なんびき》かいます。そのうちの1匹《ぴき》は死《し》んじゃいました**」ハーパーがうったえた。

「それをこっちに持《も》ってきて。よく調《しら》べてみよう」とドク。

ドクは引《ひ》き出《だ》しの中《なか》をかきまわし、ハーパーが見《み》たことのない機《き》器《き》を取《と》りだした。**顕微鏡《けんびきょう》のようだけど、テーブルに置《お》くのではなく、メガネのように装着《そうちゃく》する機器《きき》だ**。ドクはその機器《きき》を調整《ちょうせい》してから、「そのハチをわたしのデスクに置《お》いて」といった。ハーパーはいわれたとおりにした。

ドクはハチのほうに身《み》を乗《の》りだした。「**これは、わたしが発明《はつめい》した**

拡大《かくだい》レンズなんだ。顕微鏡《けんびきょう》で見《み》るには大《おお》きすぎるけど、サンショウウオより小《ちい》さいものを見《み》るときに便利《べんり》なんだよ」

「なにを調《しら》べてるんですか？」ハーパーがたずねた。

「**寄生虫《きせいちゅう》**だよ。ミツバチにはよくある問題《もんだい》なんだけど、小《ちい》さな赤《あか》いダニが体《からだ》にくっついて、ハチの体液《たいえき》を吸《す》っちゃうんだ」ドクは首《くび》を振《ふ》った。「でも、このハチには、ダニがいたあとはないみたいだね」

ハーパーを見《み》る**ドクの目《め》は、拡大《かくだい》レンズを通《とお》すと巨大《きょだい》に見《み》えた。**

「きっとほかに原因《げんいん》があるんだろう。巣箱《すばこ》も見《み》てみれば、なにかわかる

かもしれない」

「わたしもいっしょに行《い》きます」ハーパーがいった。


ドクが巣箱《すばこ》を調《しら》べているあいだ、ジョディがマッチ箱《ばこ》を持《も》ってハーパーに近《ちか》づいてきた。「この中《なか》にバズビーがいるよ。テオが小《ちい》さな穴《あな》を掘《ほ》ってくれてる。モーガンはお別《わか》れのことばを読《よ》んでくれるって」とジョディ。

モーガンは目《め》を丸《まる》くした。「**ぼくが？　そのハチのことを知《し》らないのに？**」

「モーガン！」ポーがせめるような調子《ちょうし》でいった。「そんなこといっちゃだめだぞ」

モーガンはえりをぐいっと引《ひ》っぱった。「なにかいい感《かん》じのことばを思《おも》いつくかなあ」

テオはひざまずき、ガーデニング用《よう》のスコップで木《き》の下《した》に穴《あな》を掘《ほ》った。

「いい場所《ばしょ》を選《えら》んだわね、テオ」とハーパー。

テオはうなずいて、ひたいの汗《あせ》をぬぐった。「これくらいの深《ふか》さでいいかな」

ジョディが穴《あな》の中《なか》にていねいにマッチ箱《ばこ》を置《お》く。「さあ、モーガン」

「あの、きょう、ぼくたちは落《お》ちてきて死《し》んでしまったミツバチのために、こうして集《あつ》まりました。**前《まえ》はハチが怖《こわ》かったんだけど、いまはもうそんなに怖《こわ》くはありません。**バズビーはオスのハチなので、針《はり》もありません。なので……バズビーは危《あぶ》なくなかったと思《おも》います」

「バズビーはただ自分《じぶん》のうちでのんびりとハチミツを食《た》べたかった

だけなんだ。その気持《きも》ちはよくわかるよ」

ポーもいった。

みんなは立《た》ったまま、穴《あな》の中《なか》の小《ちい》さな箱《はこ》をだまって見下《みお》ろしていた。テオがスコップを持《も》ちあげる。「ほかになにかある？　なければ、穴《あな》を埋《う》めよう」

「**わたしにもいわせて**」ハーパーは胸《むね》に手《て》をあてて、目《め》を閉《と》じた。「こんなことになって、ごめんなさい、バズビー。あなたにとって安全《あんぜん》な世界《せかい》ではなかったこと、もうしわけないわ」

「わたしたち、みんな、ごめんなさいって

思《おも》ってるよ」とジョディ。

「でも、わたしたちがなんとかするから。あなたになにが起《お》こったのかを解《と》きあかすわ。そして、なんとしてもほかの群《む》れを守《まも》ってみせる」ハーパーはそうちかった。

第《だい》9章《しょう》

自然《しぜん》に手《て》を差《さ》しのべよう……
先《さき》に自然《しぜん》が手《て》を差《さ》しのべてくれたんだから！

ストーンソード図書館《としょかん》に保管《ほかん》されたミツバチのためにできることは、もうなかった。ドクは、あれこれ調《しら》べるのに時間《じかん》がかかりそうだけど、なにかわかったらすぐに知《し》らせるから、と約束《やくそく》してくれた。

そのあいだ、**仲間《なかま》たちは花《はな》の森《もり》のバイオームをもとにもどすことにした。**すでに苗木《なえぎ》はりっぱな木《き》に成長《せいちょう》していたが、マインクラフトのハチはひとりでに増《ふ》えるわけではない。

「ねえ、モーガン。どうやってハチを増《ふ》やしたらいいの？　モーガンならわかるでしょ」

ハーパーの質問《しつもん》にモーガンが答《こた》えた。

「かんたんだよ。**まずは花《はな》が必要《ひつよう》だ**」

「へえ！」大《おお》きな花《はな》のかっこうをしたポーがいった。「ぼくの出番《でばん》ってわけだ」

テオはあきれた顔《かお》をした。「ハチがまちがえて、みつを取《と》りに寄《よ》ってきたら、逃《に》げるくせに」

「**うまくいってるよ！**」ジョディは笑《わら》いながら走《はし》っていった。その手《て》ににぎられた紫色《むらさきいろ》のアリウムの花《はな》をミツバチが追《お》ってくる。

「メッセージを受《う》けとるためには、何匹《なんびき》くらいハチがいればいいんだろう？　すごい数《かず》かな。花《はな》がたくさん必要《ひつよう》になりそうだ」とモーガン。

「**近《ちか》くのバイオームを探《さが》しましょう**。見《み》つけた花《はな》をどんどん持《も》ってくるのよ」ハーパーが提案《ていあん》する。

「肥料《ひりょう》として使《つか》える骨粉《こっぷん》も見《み》つかるといいな。新《あたら》しい花《はな》を育《そだ》てるのに役立《やくだ》つからね」テオがいった。

「スケルトンにけんかを売《う》るわけ？ハチを増《ふ》やすのがそんなに危険《きけん》だとは思《おも》わなかったなあ」とポー。

それぞれの役割《やくわり》が決《き》まると、作業《さぎょう》はとてもはかどった。とくにジョディは、楽《たの》しそうにいろいろな花《はな》を探《さが》した。テオは、ジョディが集《あつ》めた花《はな》を花《はな》の森《もり》に植《う》えていく。モーガンは、洞窟《どうくつ》からスケルトンを楽々《らくらく》とさそいだした。ポーは、花《はな》のかっこうをしたまま、楽《たの》しそうにスケルトンたちをやっつけた。

ハーパーの役目《やくめ》は、ハチを増《ふ》やすことだ。ハーパーは、ジョディとテオが花《はな》を植《う》えるのを待《ま》ってから、近《ちか》くにいるハチに花《はな》を与《あた》えた。やがて、森《もり》じゅうを小《ちい》さなハチの

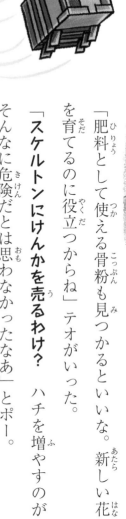

赤《あか》ちゃんが飛《と》びまわるようになった。

「この子《こ》たちにはおうちが必要《ひつよう》だわ。でも、巣《す》にはもうスペースがないの」ハーパーは赤《あか》ちゃんバチを心配《しんぱい》した。

「いいこと思《おも》いついたぞ。**それにはまず、ハニカムを用意《ようい》しなくちゃ**」とモーガン。

モーガンは、マインクラフトのハチが現実《げんじつ》のハチそっくりに行動《こうどう》することを、ハーパーに伝《つた》えた。「ハチはみつを集《あつ》めるために花《はな》に飛《と》んでくる。そのあとで巣《す》にもどって、みつを使《つか》ってハチミツをつくるんだ」

ハーパーは、ハチたちが花《はな》にふれると、体《からだ》に小《ちい》さな黄色《きいろ》いかけらがくっつくことに気《き》がついた。「**あれって、花粉《かふん》？**」

「そうだよ。ねっ？　現実《げんじつ》とそっくり同《おな》じだろ？　ハチの体《からだ》にくっついた花粉《かふん》が森《もり》じゅうに広《ひろ》がる。そのおかげで、成長《せいちょう》が早《はや》くなる植《しょく》物《ぶつ》もあるんだよ。作物《さくもつ》とかベリーの茂《しげ》みとかね」とモーガン。

「ベリーの茂《しげ》みをつくったほうがいいわね。この森《もり》にあると、きっとすてきよ」ハーパーが答《こた》えた。

しばらくすると、太陽《たいよう》がしずみ、モーガンが待《ま》っていたものがあらわれた。「ほら、あそこ、**ハチの巣《す》からハチミツがたれてる！**」ハーパーが知《し》らせた。

「つぎのステップは注意《ちゅうい》しないと。夜《よる》だから、ミツバチは巣《す》の中《なか》にいる。でも、ハチをおどろかせたくはないんだ。ハサミを用意《ようい》して。でも、ぼくが合図《あいず》をするまでは使《つか》わないでくれ」

そういうと、モーガンはハチミツたっぷりの巣《す》の下《した》で、たき火《び》を始《はじ》めた。「**たき火《び》の煙《けむり》があると、ハチは怒《おこ》らないんだ**。さあ、ハサミを使《つか》って巣《す》からハニカムを取《と》ってみて」

ハーパーは、モーガンにいわれたとおり、チョキンとすばやく巣《す》

を切《き》った。すると、持《も》ち物《もの》にいくつかのハニカムがくわわった。

「おみごと！　ハニカムと木《き》を使《つか》えば巣箱《すばこ》がつくれる。つまり、新《あたら》しいハチたちの家《いえ》ができるってわけさ――あっ、危《あぶ》ない！」

モーガンがさけんだ。

ハーパーが振《ふ》りむいたとたん、よろよろと向《む》かってくるゾンビが目《め》に飛《と》びこんできた。ハーパーはすんでのところでゾンビの攻撃《こうげき》をかわした。

ハーパーによけられたゾンビは、近《ちか》くにいたハチを攻撃《こうげき》する。

「あっ、気《き》をつけて！」ハーパーはハチを守《まも》ろうと剣《けん》を抜《ぬ》いた。

だが、おどろいたことに、ハチは自分《じぶん》で身《み》を守《まも》った。ゾンビに向《む》かって飛《と》んでいき、いきなりくるりと向《む》きを変《か》えたハチが針《はり》で攻撃《こうげき》した

のだ。**ゾンビは赤《あか》く点滅《てんめつ》し、ダメージを受《う》けた。**

「あら、ゾンビがやられてるみたいよ」とハーパー。

「たいしたダメージじゃないよ。ふつうはハチにさされると、毒《どく》におかされる。でも、ゾンビには毒《どく》がきかないんだ」モーガンが説明《せつめい》した。

「じゃあ、ハチを助《たす》けないと！」**ハーパーは、ハチに引《ひ》きつけられたゾンビを剣《けん》であっさりとやっつけた。**

「いまの見《み》た？　モーガン。このハチとわたしって、いいコンビじゃない？」ハーパーは得意《とくい》げだ。

しかし、ハーパーが振《ふ》りむくと、モーガンはそのハチをじっと見《み》つめていた。**「このハチは、ゾンビを攻撃《こうげき》したときに針《はり》を失《うしな》ったんだ。針《はり》がないと、長《なが》くはもたない」**

モーガンのいったとおり、しばらくすると、そのハチは地面《じめん》に落《お》ち、煙《けむり》を出《だ》して消《き》えた。

「やだ！　ようやくうまくいきはじめてたのに！」ハーパーがくやしそうにいう。

「大事《だいじ》なことを学《まな》んだよ。**マ**

インクラフトのハチたちも、現実《げんじつ》のハチと同《おな》じように守《まも》ってあげないといけないんだ」

とモーガン。

モーガンは木材《もくざい》を取《と》りだすと仲間《なかま》たちにこういった。「ハニカムは持《も》ってるかい？トラブルにまきこまれる前《まえ》に、ハチたちを新《あたら》しい家《いえ》に連《つ》れていこう」

第《だい》10章《しょう》

ハチたちには週末《しゅうまつ》のお休《やす》みはない。でも、宿題《しゅくだい》もない！

現実世界《げんじつせかい》では、仲間《なかま》たちは週末《しゅうまつ》に、なにが起《お》こっているのかをくわしく調《しら》べることにした。

ハーパーの両親《りょうしん》は、ハーパーが連《つ》れていってほしいという場所《ばしょ》を聞《き》いておどろいた。「果樹園《かじゅえん》に行《い》きたいですって？　本気《ほんき》なの？　**リンゴ狩《が》りのシーズンは何週間《なんしゅうかん》も先《さき》よ**」

「**だからこそ、きょう**行《い》きたいのよ。リンゴなんてどうでもいいの。リンゴの花《はな》に**花粉《かふん》を運《はこ》ぶ**ハチが目《め》あてなんだから」ハーパーの声《こえ》はしんけんだった。

結局《けっきょく》、ハーパーは果樹園《かじゅえん》に連《つ》れていってもらえることになった。

両親《りょうしん》は、ハーパーを果樹園《かじゅえん》で降《お》ろすと、近《ちか》くで用《よう》事《じ》をすませることにした。

仲間《なかま》たちは先《さき》に果樹園《かじゅえん》に着《つ》いていて、シェーンさんを見《み》つけていた。**シェーンさんは、このあいだのカウボーイのかっこうではなく、養蜂家《ようほうか》の作業《さぎょう》着《ぎ》を着《き》ている。**トラックから下《お》ろされた巣箱《すばこ》が果樹園《かじゅえん》のあちこちに置《お》かれていた。ハーパーが着《つ》いたとき、シェーンさんは巣箱《すばこ》からトレイを外《はず》し、そこについたハチミツをこすって取《と》っては、ガラスのビンに移《うつ》しているところだった。**そのまわりをハチがブンブン飛《と》びまわっているが、シェーンさんは気《き》にしていないようだ。**

けれども、ポーは顔《かお》をしかめた。「シェーンさんにあいさつしに行《い》きたいけど……いくら攻撃《こうげき》してこないっていっても、ミツバチがあ

んなにいるところはちょっとね」

「わたしが行《い》ってくる」そういうと、ハーパーは歩《ある》きだして両手《りょうて》を振《ふ》った。「こんにちは！　すみません！　シェーンさん。大事《だいじ》な話《はなし》があるんです」

　テオがにやっと笑《わら》った。

「ハーパーは本気《ほんき》だぞ」

「ハーパーは、バズビーとお墓《はか》で約束《やくそく》したんだもの。本気《ほんき》になるに決《き》まってる」ジョディがいった。

シェーンさんは片手《かたて》を上《あ》げて、あまり近《ちか》づいてこないようにと伝《つた》えた。それから、巣箱《すばこ》をもとにもどすと、ハチミツのビンをつかんでこっちにやってきた。「どうしたんだい？」

「わたしたち、なにかお役《やく》に立《た》てないかと思《おも》って。実《じつ》は、**学校《がっこう》に置《お》いていってくれたシェーンさんのハチが大変《たいへん》なんです。いま、原因《げんいん》を調《しら》べてるところなんですけど**」とハーパー。

シェーンさんは帽子《ぼうし》をぬいで、みんなに笑《わら》いかけた。その目《め》にしわがよった。「きみたちはドク・カルペッパーの生徒《せいと》だね。そのことについては、すでにドクから電話《でんわ》をもらったよ。ドクにも同《おな》じことを伝《つた》えたんだが、残念《ざんねん》ながら、これは最近《さいきん》あちこちでよく起《お》きてることなんだ」シェーンさんはため息《いき》をついた。「それで、ハチを何匹《なんびき》も失《うしな》った」

「どうしてですか？　**どうしてミツバチたちは、生《い》きていくのにそんなに助《たす》けがいるんですか？**」

シェーンさんはハーパーのほうを向《む》いた。「くわしく説明《せつめい》しよう。よかったら歩《ある》きながら話《はな》そうじゃないか」

ハーパーは以前《いぜん》、果樹園《かじゅえん》をおとずれたことがあったが、花《はな》が満開《まんかい》の時期《じき》に来《く》るのははじめてだった。目《め》の前《まえ》には美《うつく》しい景色《けしき》が広《ひろ》がっている。「リンゴの花《はな》がこんなにきれいだなんて、知《し》りませんでした」

「リンゴの花《はな》は美《うつく》しいよ……それに、自然《しぜん》の

バランスのたいせつな一部《いちぶ》でもある。そういう働《はたら》きについて、ドクに教《おそ》わっただろう？　ハチはみつを求《もと》めて花《はな》を探《さが》す。そうしてハチミツができる。でも、ハチが花《はな》から必要《ひつよう》なものを取《と》るだけでなく……**花《はな》のほうも**ハチから必要《ひつよう》なものを受《う》けとる。ハチたちは花《はな》から受《う》けとった花粉《かふん》をいろんなところに運《はこ》ぶんだよ。すると、花《はな》が実《み》になり、実《み》から出《で》た種《たね》のおかげで、もっとたくさんの木《き》が育《そだ》つ」シェーンさんは近《ちか》くにあった木《き》の幹《みき》をぽんぽんとたたいた。「**自然《しぜん》はとてもよくできてる。そうして何百万年《なんびゃくまんねん》もうまくいってきたんだ**。それなのに人間《にんげん》があらわれたことで、話《はなし》がややこしくなった」

そのとき、リンゴをかじる音《おと》がした。

「おっと。しつれい！　こんなに大《おお》きな音《おと》が出《で》るとは思《おも》わなくて」

とポー。

「**そのリンゴ、どうしたの？**　ここではまだ、リンゴはできてないはずだよ」テオがたずねた。

「お店《みせ》で買《か》ってきたんだ」ポーが答《こた》えた。

「ほお！　それはおもしろい話《はなし》だ」とシェーンさん。「このあたりはまだリンゴの季節《きせつ》じゃない。ハチたちは花粉《かふん》を運《はこ》んでいるだけだ。でも、べつの場所《ばしょ》ではリンゴの季《き》節《せつ》なんだね。南半球《みなみはんきゅう》では気候《きこう》がちがうからだよ。そうやって、どんなフルーツや野菜《やさい》でも、1年《ねん》じゅう手《て》に入《はい》ることにみんなが慣《な》れてしまった」

「**そえって、いいほとへしょ**」口《くち》いっぱいにリンゴをほおばりながら、ポーがいった。

「悪《わる》いことではないが――いいことだともいいきれないな。たしかに、1年《ねん》じゅうアボカドを食《た》べられるのはうれしいよ。でも、人間《にんげん》**は環境《かんきょう》に必要《ひつよう》なことよりも、自分《じぶん》たちの欲求《よっきゅう》や便利《べんり》さを優先《ゆうせん》させてしまうことが多《おお》い**」シェーンさんは首《くび》を振《ふ》った。「正直《しょうじき》なところ、この果樹園《かじゅえん》には、ハチをいっぱいのせてトラックでやってくる昔《むかし》ながらのカウボーイなんていらないんだよ。ハチたちは移動《いどう》しないで、1年《ねん》じゅうこのあたりにいたほうがいい。わたしの手《て》なんて借《か》りずに、自分《じぶん》たちで果樹園《かじゅえん》を見《み》つけるべきなんだ。それなのに、わたしたちが環境《かんきょう》を複雑《ふくざつ》にしてしまった。あそこに、草《くさ》が生《お》いしげってるところがあるだろう?」

シェーンさんはみんなを果樹園《かじゅえん》のはしっこまで連《つ》れていった。草《くさ》木《き》や雑草《ざっそう》や野《の》の花《はな》がからまりあって生《お》いしげっている。

「**めちゃくちゃだ!**」テオはスコップを取《と》りだした。「きれいにしま

しょうか? **ぼく、庭《にわ》づくりがうまくなってきたところです**」

「わたしがいいたいのは、そのことだ。きみはこの景色《けしき》をめちゃくちゃだと思《おも》ったんだね。きれいにしなくちゃってな。**でも、これこそが自然《しぜん》の姿《すがた》なんだよ!** そしてこれは、ハチたちが生《い》きていくのに必要《ひつよう》なものでもあるんだ」シェーンさんはけわ

しい顔《かお》つきになった。「この町《まち》のきれいな芝生《しばふ》は、たしかに見《み》ばえがいい。でも、生《お》いしげった草木《くさき》や豊《ゆた》かな花《はな》がないと、ハチたちは空《くう》腹《ふく》でつらい思《おも》いをする。除草剤《じょそうざい》、殺菌剤《さっきんざい》、農薬《のうやく》はどれも、虫《むし》たちにとって危険《きけん》なものなんだ。その名前《なまえ》からも想像《そうぞう》がつくだろうがね」

「**の、農薬《のうやく》？**」ハチにとって農薬《のうやく》が危険《きけん》なんですか？」テオがたずねた。

「もちろん。庭仕事《にわしごと》をする人《ひと》は、害虫《がいちゅう》が来《こ》ないように毒《どく》をまくよね。でも、毒《どく》のせいで、害虫《がいちゅう》だけでなく、さまざまな生《い》き物《もの》が苦《くる》しむんだよ」とショーンさん。

それを聞《き》いて、テオがまっ青《あお》になった。

「**どうしたの？　テオ**」ハーパーがたずねた。

「ウッズワード校《こう》の庭《にわ》づくりクラブでは、そういうものを使《つか》ってるんだよ。除草剤《じょそうざい》、殺菌剤《さっきんざい》、農薬《のうやく》……ウッズワード校《こう》の芝生《しばふ》が**きれい**

に見《み》えるようにするために」

ポーがすかさずいった。

「ねえねえ、ストーンソード図書館《としょかん》は、学校《がっこう》から道路《どうろ》をはさんだところにあるよね？　ってことは、**ちょっと風《かぜ》が吹《ふ》くだけで、そういう化学物質《かがくぶっしつ》が図書館《としょかん》にまで広《ひろ》がっちゃうってことだよ**」

「それに、ハチたちも通《とお》りをわたって学校《がっこう》の花壇《かだん》までやってきてるはず」ハーパーもいった。

「そういえば、きのう、ハチを見《み》たよ。授業中《じゅぎょうちゅう》に窓《まど》のすぐ外《そと》で羽音《はおと》を立《た》ててた」とジョディ。

テオがさらに心配《しんぱい》そうな顔《かお》になった「ぼくのせいかな？　**庭《にわ》づくりクラブのせいで、ハチが死《し》んじゃう！**」

第《だい》11章《しょう》

先生《せんせい》たちのけんか。それとも、ウッズワード校《こう》ではよくある大《おお》さわぎ!?

「ミス・ミネルヴァに話《はなし》があります。ミネルヴァならきっとわかってくれます」

テオはそういったものの、それほど自信《じしん》はなかった。

月曜日《げつようび》、ハーパーとテオは朝早《あさはや》く登校《とうこう》した。それには理由《りゆう》があった。**ミス・ミネルヴァがウッズワード校《こう》の芝生《しばふ》に強《つよ》い化学肥料《かがくひりょう》を使《つか》うのをやめてもらうためだ。**

でも、思《おも》ったほどうまくはいかなかった。

「ハチたちを移動《いどう》すればいいんじゃない?」ミス・ミネルヴァはそ

ういった。

「えっと……あのですね……」とテオ。

「ストーンソード図書館《としょかん》にいるハチたちを動《うご》かすことは、たしかにできます。でも、これはもっと大《おお》きな問題《もんだい》の一部《いちぶ》なんです。**わたしたちは、このあたりでハチが暮《く》らせるようにしたいんです**。そうなったら、生態系《せいたいけい》にもやさしくなります」ハーパーが説明《せつめい》する。

「校庭《こうてい》が雑草《ざっそう》だらけになるから**だめよ**」ミス・ミネルヴァが反対《はんたい》した。「そうなったら困《こま》るし、きっとみんなのご両親《りょうしん》も怒《おこ》って連絡《れんらく》してくるはず。学校《がっこう》はそういうところをきちんとしてないといけないの」

「でも、そのせいでどうなると思《おも》いますか？　はい、ミス・ミネルヴァ。これをさしあげます」

ハーパーはリンゴの花《はな》をさしだした。

「花《はな》？　どういうこと？」

「このあたりには、**生徒《せいと》が先生《せんせい》に、つやつやのりっぱなリンゴを送《おく》る習慣《しゅうかん》があるんです**。でも、この季節《きせつ》には、二酸化炭素《にさんかたんそ》を排出《はいしゅつ》する飛行機《ひこうき》や船《ふね》で、ほかの国《くに》からリンゴを運《はこ》んでくるしかありません。そして、とてもりっぱでつやつやのリンゴにするために、農家《のうか》の人《ひと》はきっと化学肥料《かがくひりょう》を使《つか》い、少《すこ》しでもいたんでいるリンゴは捨《す》てられています」**ハーパーは肩《かた》をすくめた**。「だからわたしたちは、いまここにあるリンゴの花《はな》で満足《まんぞく》したほうがいいんです」

「そうだそうだ」声《こえ》がして、ハーパーが振《ふ》りむくと、ドアのところにドクがいた。「ほんとうにハーパーのいうとおりだよ。庭《にわ》づくりクラブをどんなふうに変《か》えられるか、楽《たの》しみだね」

「ちょっと待《ま》って。**まだ変《か》えるなんていってないわよ**」とミス・ミネルヴァ。

「2人《ふたり》があんなにいっしょうけんめい説明《せつめい》したのに？　ミネルヴァ

もバズビーのお葬《そう》式《しき》に参列《さんれつ》してたら、そんな冷《つめ》たいことはいわないだろうにね」ドクがいった。

「バズビーっていったいだれのこと？」ミス・ミネルヴァがたずねた。

「かわいそうな友《とも》だちだよ。**庭《にわ》づくりクラブの毒《どく》にや**

られたんだ」ドクが不満《ふまん》そうにいった。
ミス・ミネルヴァは目《め》をまるくした。「**いったいなんのこと!?**
わたしのクラブは毒《どく》なんてまいていませんけど」
「ええと、**わざと**ではないとは思《おも》うんですが……」とテオ。
「わたしたちがなんとかしないといけない問題《もんだい》なんだよ、ミネル
ヴァ。ちょうど、いいアイデアを思《おも》いついた」ドクがいった。
「まったく、どんなことを思《おも》いついたのか想像《そうぞう》がつくわ」そういうと、
ミス・ミネルヴァは鼻筋《はなすじ》をつまんだ。「車輪《しゃりん》のついた武器《ぶき》に校庭《こうてい》をう
ろつきまわらせるとかいうんでしょ?」
「**〝全自動庭《ぜんじどうにわ》づくり機《き》〟ってくれないかな**」ドクがいいかえし
た。
「生徒《せいと》たちをロボットに取《と》りかえるのは、かんべんしてほしいわね」
ミス・ミネルヴァがちくりといった。

「取《と》りかえてほしいのは、ミネルヴァの化学肥料《かがくひりょう》のほうだよ。あんたの鼻《はな》はデリケートかな？　新《あたら》しい肥料《ひりょう》を調合《ちょうごう》したんだけど、**かなり鼻《はな》がつーんとするから気《き》をつけたほうが……」**

ハーパーは何度《なんど》も2人《ふたり》のあいだに割《わ》って入《はい》ろうとした。でも、先《せん》生《せい》たちはいっこうにいいあらそいをやめようとしなかった。ドクは、**できればもっとテクノロジーを使《つか》って、**庭《にわ》づくりクラブを環境《かんきょう》にやさしくなるようにしている。だとしても、ドクは、科学《かがく》をあまり信《しん》用《よう》していないミス・ミネルヴァにたいして、そのやり方《かた》を押《お》しつけすぎだった。

ハーパーとテオはこっそり職員室《しょくいんしつ》から出《で》ていった。先生2人《せんせいふたり》は、そのことにもまったく気《き》づかなかった。

第《だい》12章《しょう》

文字《もじ》で伝《つた》えるハチのことを忘《わす》れないで！
生《い》きて帰《かえ》れる人《ひと》（やハチ）がいたらの話《はなし》だけど……

現実《げんじつ》の学校《がっこう》と比《くら》べると、マインクラフトの中《なか》の状態《じょうたい》はよくなっていて、ハーパーはほっとした。

「**これだよ、これ！**」ジョディはあざやかな青《あお》いヤグルマギクをかかげた。「森《もり》の再生計画《さいせいけいかく》に必要《ひつよう》な花《はな》は、これで最後《さいご》。ぜんぶ、ひとつずつそろったね」

「青《あお》いランはまだだよ。湿地帯《しっちたい》でしか育《そだ》たないから、ここではむりかな」とテオ。

「**ヒマワリもだよ**」モーガンが口《くち》をはさむ。

「おっと、ウィザーのバラを忘《わす》れてた。ま、それはどっちにしろ、むりか」テオがつけくわえた。

ジョディが2人《ふたり》をにらみつけた。「そんな**細《こま》かいこと**はどうでもいいの。わたしはね、これで花《はな》が集《あつ》まったっていってるの。**それに、テオといっしょに、この花《はな》の森《もり》をできるだけ美《うつく》しくする計画《けいかく》を考《かんが》えたんだよ**」

「実《じつ》は果樹園《かじゅえん》からヒントを得《え》たんだ。あそこでは木《き》がきれいに列《れつ》になるように植《う》えられてただろ？　ぼくらの森《もり》もあんなふうにきれいにしたくてさ」テオはにやりとすると、ハーパーのほうを向《む》いた。

「気《き》に入《い》ってもらえるんじゃないかなあ」

しかし、**ハーパーはその森《もり》がぜんぜん気《き》に入《い》らなかった。**

「まあ……たしかに……ね」ハーパーは答《こた》えた。

でも、テオは、ハーパーのようすがおかしいことに気《き》がついた。

「なに？　**どうかしたの!?**」

ハーパーは一面《いちめん》の花々《はなばな》を見《み》わたした。なにもかも色分《いろわ》けされて、きれいに並《なら》んでいる。**とても**見《み》ばえがいい。けれども、花《はな》の森《もり》のバイオームには見《み》えない。自然《しぜん》な場所《ばしょ》というより、手《て》をかけた庭《にわ》のようだ。

「わたしたち、見《み》た目《め》を気《き》にしすぎてるんじゃない？　**もっとハチに必要《ひつよう》なものを考《かんが》えようよ**」ハーパーが提案《ていあん》した。

「**たしかに**。ハチが巣箱《すばこ》から出《で》るのは、近《ちか》くに花《はな》があるときだけだ。そのためには、いくつかの花《はな》を移動《いどう》させないと」モーガンがいった。

テオがおでこをピシャリとたたいて、首《くび》を振《ふ》った。「あーあ、またやっちゃったよ。現実世界《げんじつせかい》でやったのと同《おな》じ失敗《しっぱい》だ！　ぼくは左右対称《さゆうたいしょう》やきれいにそろってるのがすきなもんだから、つい……」

「そうね。プログラミングをしたり、なにかを調《しら》べたりするなら、

それはとてもいいことよ。掃除《そうじ》するときもね！」ハーパーはテオの肩《かた》にうでを回《まわ》した。**「でも、自然《しぜん》は少《すこ》しぐらいごちゃごちゃでもいいの。そのことに慣《な》れないとね」**

テオは「ふう」と息《いき》を吐《は》くと、いいかえした。「でも、正確《せいかく》にいうと、これは自然《しぜん》とはいえないよね。ふぞろいになるようデジタルで再現《さいげん》されたものだから」

するとハーパーは口《くち》を開《ひら》こうとしたが、テオがいたずらっぽ

く笑《わら》い、すぐにこういった。「でも、ハーパーのいってることはわかるよ」

「**みんなが**なんの話《はなし》をしてるのか、よくわかんないんだけど……。黄色《きいろ》い花《はな》は紫色《むらさきいろ》の花《はな》のそばにしておきたい。いいでしょ？　黄色《きいろ》と紫色《むらさきいろ》が並《なら》ぶと目立《めだ》つから！」とジョディ。

最後《さいご》の花《はな》を植《う》えると、森《もり》はまたよみがえった。**ニワトリやウサギ……ハチもいる！**

仲間《なかま》たちは、たくさんのハチを育《そだ》て、ハチたちの住《す》める環境《かんきょう》をつくりだしたのだ。

「ハチたちが来《き》たわ。あのハチは**P**って書《か》いてるみたい。それから、**R……O……T……**」ハーパーが読《よ》みあげていく。

「わっ、待《ま》って！　あそこにクモがいるよ！　２匹《ひき》も」ジョディがさけんだ。

ハーパーが振《ふ》りむくと、ジョディのいったとおり、2匹《ひき》のクモが近《ちか》くの木《き》の下《した》ですばやく動《うご》いていた。

「だいじょうぶ。**外《そと》は明《あか》るいから敵対《てきたい》しないよ**」とテオ。

「でも、日《ひ》が暮《く》れたらそうはいかない。もしクモがハチと戦《たたか》ったら、ぜんぶ最初《さいしょ》からやり直《なお》しになるぞ」モーガンがいった。

するど、ポーが名《な》のりでた。「ジョディとぼくがクモをなんとかするよ。楽勝《らくしょう》さ。それに正直《しょうじき》いうと、ハチの書《か》く文字《もじ》を読《よ》むよりも、戦《たたか》うほうがいいんだよね」

「わかったよ」モーガンはしかたなくそう答《こた》えた。「でも、助《たす》けがいるときは大声《おおごえ》で呼《よ》んでくれよ」

ポーは剣《けん》を抜《ぬ》いた。「だれにいってるんだい？　危《あぶ》ないときにさけぶのは、ぼくにまかせてよ」

「ポーがさけぶのは、危《あぶ》ないときだけじゃないけどね！」ジョディはそういうと、ポーのあとをついていった。

ハーパーは仲間《なかま》たちを気《き》にしながら、ハチを目《め》で追《お》った。Ｅ……

それからＣ……。

「ハチたちは、だれかを守《まも》ってほしいって伝《つた》えてるんじゃないかしら？」とハーパー。

「みんな、見《み》てよ！」ポーがそういいながら、**矢《や》を何本《なんぼん》もクモにあてた。**

「うーん、なんだか、ちょっと助《たす》けが必要《ひつよう》かも……ちょっとというか、かなり……」とジョディ。

「わかった。クモなんて敵《てき》じゃないさ」モーガンが戦《たたか》いに参加《さんか》して、剣《けん》を振《ふ》るう。

「手伝《てつだ》おうか？」テオもそういった。

「こっちはだいじょうぶよ。**わたしがハチのメッセージを読《よ》みとる**

から」ハーパーが答《こた》えた。「**PROTECT《プロテクト》 THE《ザ》**……なにかを守《まも》ってほしいってこと？　わかったら教《おし》えて！」そういうと、テオも戦《たたか》いにくわわった。

ハーパーはみんなのほうをちらりと見《み》た。たくさんのクモが集《あつ》まっている。こんなにたくさん、いったいどこからきたのだろう？

ありがたいことに、すべてうまくいった。**クモたちが近《ちか》くによってこないので、**ハチたちはつぎからつぎに文字《もじ》を書《か》いていく。

ようやく、メッセージのことばがはっきりと見《み》えてきた。

「PROTECT《プロテクト》 THE《ザ》 BALANCE《バランス》（バランスを守《まも》って）」最後《さいご》のハチが文字《もじ》を書《か》きおえると、ハーパーはつぶやいた。「**なんの**バランスを守《まも》ってほしいっていってるのかしら？」

ハーパーがメッセージのなぞを解《と》くより早《はや》く、集《あつ》まったハチたちに恐《おそ》ろしい変化《へんか》が起《お》きた。

目《め》が赤《あか》くなったのだ。

羽《はね》の音《おと》もさっきよりはげしく

なっている。

ハーパーに針《はり》を向《む》けるハチまでいる。

「ねえ、みんな！　ようすがおかしいわ」ハーパーはさけんだ。

「それどころじゃないんだ！」ポーが大声《おおごえ》で返《かえ》した。

気《き》がつくと、ハーパーは敵《てき》にはさまれていた。いっぽうには、敵対的《てきたいてき》なクモがいて……

……もういっぽうには、怒りにふるえるハチがいる**……そして、クモもハチも、すごいいきおいでハーパーにせまってきたのだ！**

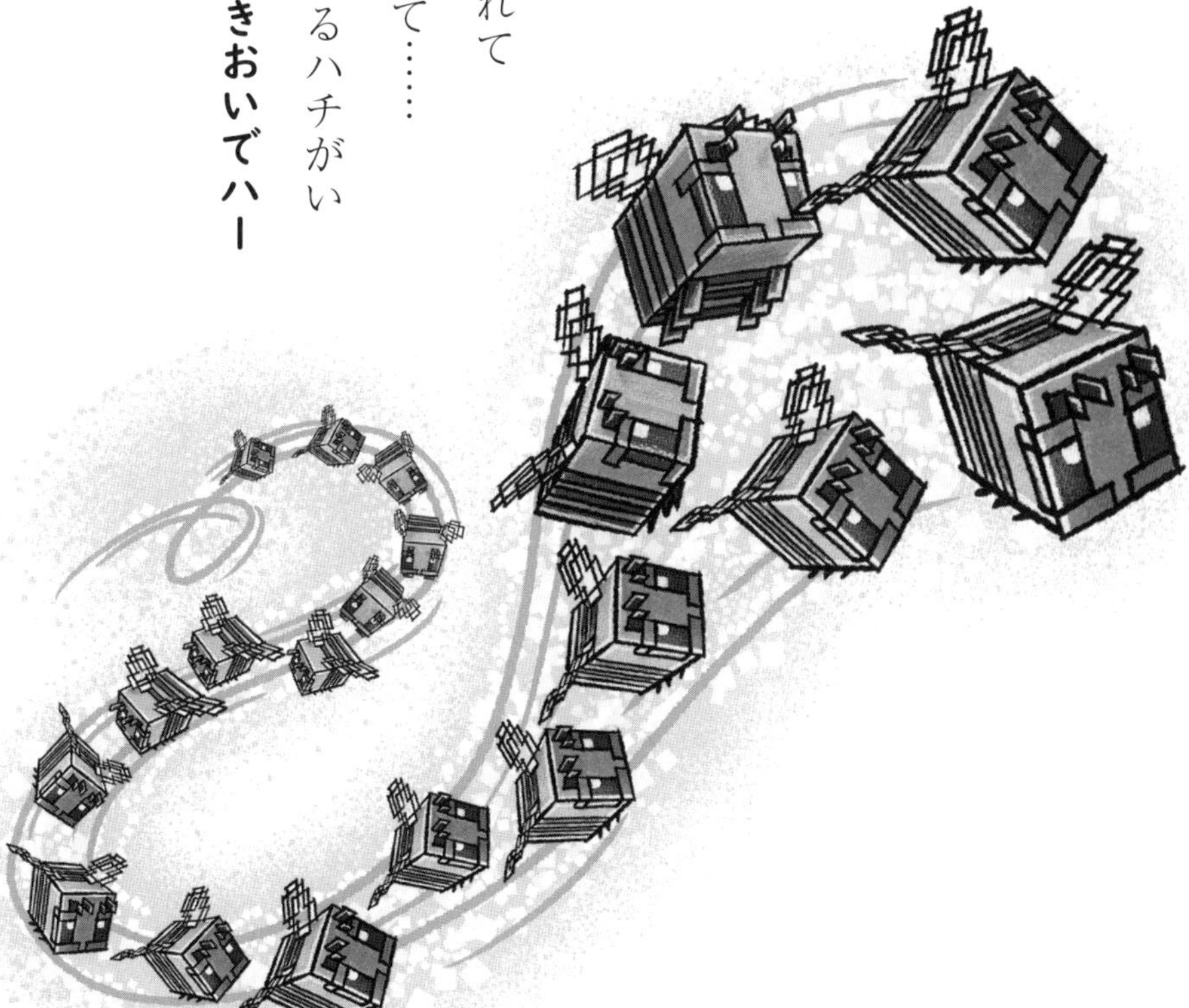

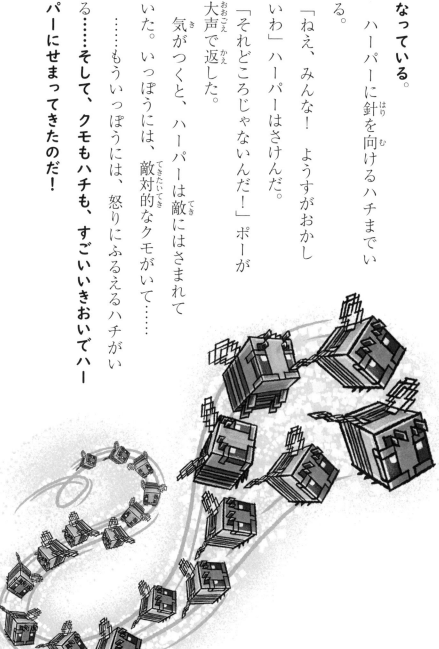

第《だい》13章《しょう》

左《ひだり》には怒《おこ》ったハチ！　右《みぎ》にはクモ！
〈きれいに左右対称《さゆうたいしょう》だけど！〉

ハーパーは仲間《なかま》たちのもとへ急《いそ》いだ。

だが、走《はし》っているときに、背中《せなか》をさされた。

「**痛《いた》いっ！**」ハーパーには、ハチの毒《どく》がだんだんと体《からだ》に回《まわ》るのがわかった。おまけに、ハーパーをさしたハチは死《し》んでしまうのだ。

そんなことになったらいやだ。ハチたちと戦《たたか》うのもいやだ。

せっかく何日《なんにち》もかけて、ハチたちの状態《じょうたい》をもとにもどしたっていうのに！

「なにをしたんだ？」とモーガン。

「なんにもしてないわよ！」ハーパーは盾《たて》をかかげて、いきおいよく向《む》かってくるハチから身《み》を守《まも》った。「ハチがメッセージを伝《つた》えたとたん、急《きゅう》に怒《おこ》りだしたのよ」

モーガンは目《め》の前《まえ》のハチを手《て》でたたいて、追《お》いはらった。剣《けん》を使《つか》ったらダメージを与《あた》えすぎてしまうからだ。「で、メッセージはなんだったんだ？」

「〝バランスを守《まも》って〟よ。**ハチたちが怒《おこ》ってるのは、わたしたちがバランスを守《まも》っていないからってこと？**」とハーパー。

「うーん」ポーもハチをはらいのけた。「ジョディとぼくが森《もり》の火事《かじ》を起《お》こしちゃったようなものだからなあ」

「それについては、ほんとうに悪《わる》かったたって思《おも》ってるよ！」怒《おこ》ったハチに追《お》われているジョディは、ぐるぐる回《まわ》りながらいった。

「でも、森《もり》をもとどおりにしたよ。バランスだってもとにもどした。許《ゆる》してくれたっていいじゃないか」テオは、ハチの攻撃《こうげき》から身《み》をかわすことに気《き》をとられすぎて、うしろからクモに攻撃《こうげき》されてしまった。「あいたっ！　もう、こんなのおかしいよ。このクモたちはいったいどこから来《き》てるんだ？」

「あの穴《あな》からじゃない！」ジョディは走《はし》りながらうしろの方向《ほうこう》をさした。「あっちだよ！」

テオとハーパーはクモと戦《たたか》いながら、ジョディのさした方向《ほうこう》へ向《む》かった。すると、２人《ふたり》は穴《あな》を見《み》つけた。その中《なか》には……。

「ダンジョンだ。**森《もり》をきれいにしてたときに、この穴《あな》をたまたま掘《ほ》っちゃったんだよ**」テオが説明《せつめい》する。

「中《なか》にスポナーがあるわ」ハーパーがいった。暗闇《くらやみ》の中《なか》にスポナーの火《ひ》がチカチカ光《ひか》っている。このスポナーのせいで、たおしてもたおしてもクモがスポーンするのだろう。

「**ぼくがこわすよ**。そうすれば、とりあえずクモはなんとかなる」テオは剣《けん》をツルハシに取《と》りかえ、スポナーに届《とど》くように大《おお》きな穴《あな》を掘《ほ》った。

そして、テオはスポナーをこわそうと、ツルハシを振《ふ》りかぶった。

「**待《ま》って！**」ハーパーが大声《おおごえ》で止《と》めた。

テオはぴたりと手《て》を止《と》めた。ふしぎそうな顔《かお》をしている。「どうして止《と》めるんだ？」テオは、クモが出《で》てくるスポナーのすぐ上《うえ》でツル

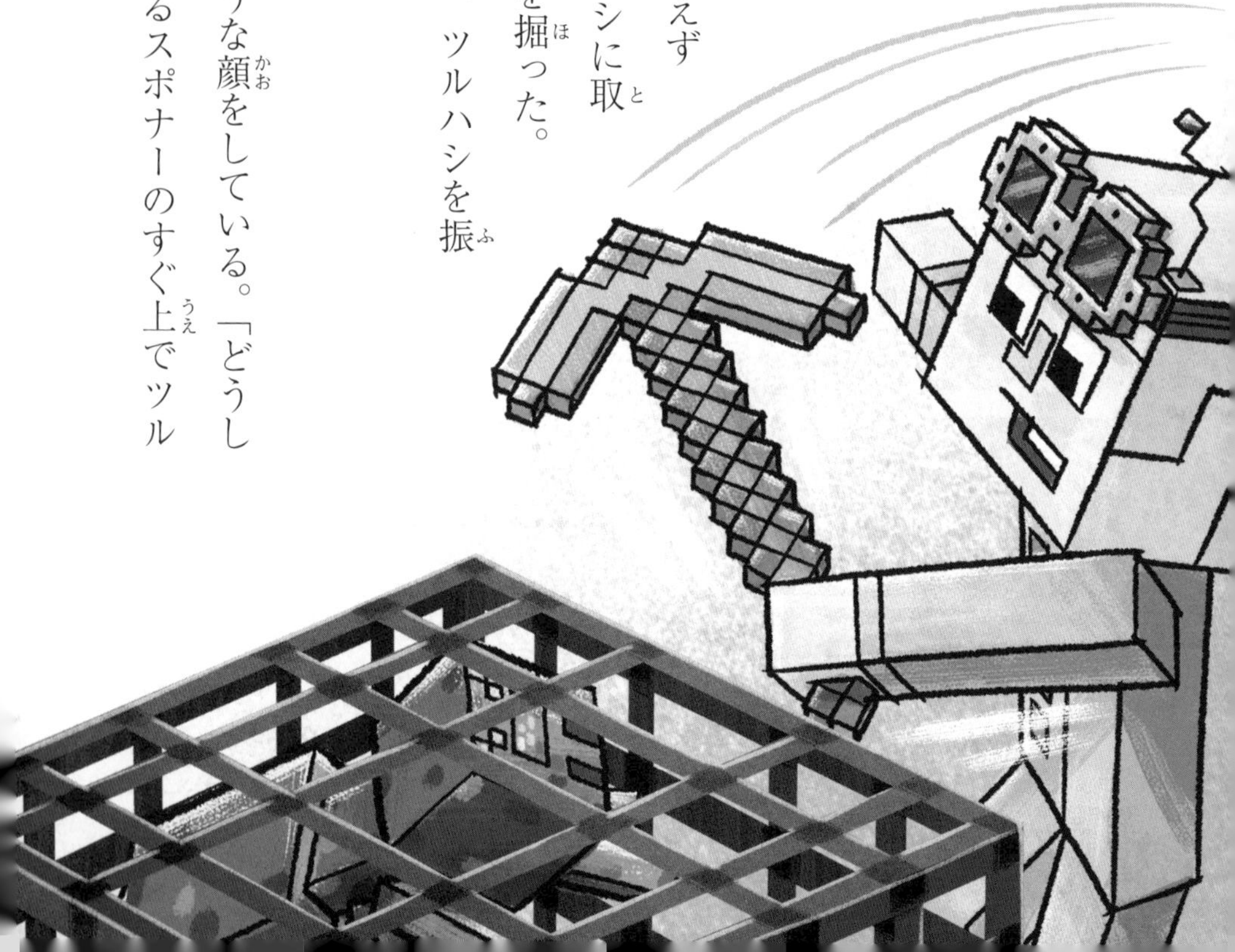

ハシをかかげたまま、聞《き》いた。

「ハチのメッセージよ。バランスっていってた。**バランスをおかしくしちゃってるのは、わたしたちなんだわ！**　だから、わたしたちにはこんなふうにクモを攻撃《こうげき》する権利《けんり》なんてない。戦《たたか》いを始《はじ》めたのも、火事《かじ》を起《お》こしたのも、わたしたちよ」ハーパーがいった。

「じゃあ、どうすればいいんだ？」テオがたずねる。

「そのままにしておきましょう。このバイオームはもとにもどしたわ。いまやるべきことは……なにもしないでおくことよ」とハーパー。

テオはハーパーの意見《いけん》に賛成《さんせい》したが、モーガンはいい顔《かお》をしなかった。「それって、なんだか逃《に》げるみたいだな。あきらめるっていうかさ」

そのとき、もう1匹《ぴき》、針《はり》のないハチが足《あし》もとに落《お》ちてきた。それを見《み》たモーガンは考《かんが》えなおした。「でも、たしかに、ぼくらはまたハチを傷《きず》つけてるみたいだ」モーガンは「ふう」と息《いき》を吐《は》いた。「わかった。このままにして行《い》こう」

仲間《なかま》たちはすぐに森《もり》から出《で》ていった。クモたちも追《お》いかけてこなくなった。敵対《てきたい》する気《き》もなくなったようで、引《ひ》きかえしている。しかし、ハチたちは森《もり》のはじっこまで追《お》ってきた。

「たぶん、タイガバイオームの中《なか》まで

はついてこないよ」とポー。

ところが、みんなが見《み》ていると、ハチは黒《くろ》い大《おお》きな群《む》れになって花《はな》の森《もり》の上《うえ》を飛《と》んでいる。すると、黒《くろ》い雲《くも》のようにうずまき、さざ波《なみ》を立《た》てておりてきた。そして、ポーやみんなのところにまっすぐ向《む》かってくる。

ハーパーは盾《たて》をかかげ、戦《たたか》いにそなえたが……。

ハチの群《む》れは攻撃《こうげき》してこなかった。そのかわり、複《ふく》雑《ざつ》なダンスをおどり、もう一度《いちど》人間《にんげん》のようなかたちをつくった。ブンブンという羽《はね》の音《おと》がどんどん大《おお》きくなり、ひとつに合《あ》わさっていく。

やがてまた、声《こえ》のように聞《き》こえはじめた。

「**ありがと……バランス　なおしてくれて。わかってくれて。まもってくれて**」

ハーパーは一歩前《いっぽまえ》に出《で》て、人間《にんげん》のようなかたちの目《め》の部分《ぶぶん》を見《み》ようとした。でも、目《め》の部分《ぶぶん》はなかった。いや、あまりにたくさんの目《め》があったのだ。**無数《むすう》のハチの目《め》がいっせいにハーパーを見《み》た。**

「どう……どういたしまして。これからはもっと気《き》をつけるわ。この場所《ばしょ》をもっと大事《だいじ》にする」ハーパーがいった。

テオも前《まえ》に出《で》ていった。「**あの空《そら》のキズもなんとかするよ！　手伝《てつだ》ってくれるかい？**」

ハチたちはいった。「**みつけて。みつけて……ゴーレム。ゴーレム、みつけて……そうしないと**」

ブンブン飛《と》んでいたハチたちは、メッセージを送《おく》りおわると、ぴかっと光《ひか》ってひとつになり……なんと、エヴォーカー・キングのうでに変《か》わった。

目《め》まぐるしく変化《へんか》する色《いろ》とりどりのチョウチョウが、ハーパーのさしだした両手《りょうて》に、エヴォーカー・キングのうでをやさしくのせた。

ハーパーがそれをつかむと、すぐにチョウチョウは消《き》えた。

第《だい》14章《しょう》

終《お》わりよければすべてよし……空《そら》の大《おお》きな穴《あな》はべつだけど。

数日後《すうじつご》、ハーパーは、放課後《ほうかご》に行《おこな》われるセレモニー用《よう》の新《あたら》しいTシャツを着《き》た。**ウッズワード校《こう》ガーデニングと庭《にわ》づくりクラブ**の新《あたら》しいメンバーとして、ほこらしい気持《きも》ちをあらわしたかったからだ。

「みなさん、お集《あつ》まりいただき、ありがとうございます」シェリー・シルバーは、ウッズワード校《こう》の新《あたら》しくなった庭《にわ》の前《まえ》に立《た》って、あいさつをした。ハーパーは、こうした流《なが》れがここから広《ひろ》がっていくといいな、と思《おも》いながら、耳《みみ》をかたむけていた。

シェリーは話《はなし》を続《つづ》けた。「児童会長《じどうかいちょう》として、学校初《がっこうはつ》となる野生《やせい》の庭《にわ》オープン記念《きねん》イベントの司会《しかい》をつとめることができて、光栄《こうえい》です。

化学肥料《かがくひりょう》を使《つか》わないので、この庭《にわ》の草花《くさばな》は自然《しぜん》のまま育《そだ》ちます。**ガーデニングクラブのメンバーには、がんばって植物《しょくぶつ》の世話《せわ》をしてもらいます**。でもこれは、ウッズワード全体《ぜんたい》の緑化《りょくか》を進《すす》めるためのほんの第一《だいいっ》歩《ぽ》にすぎません」

ミス・ミネルヴァが説明《せつめい》をくわえた。「わたしたちはこの地域《ちいき》に昔《むかし》からある植物《しょくぶつ》を選《えら》びました。ガーデニングクラブでは、メンバーが手《て》で、害《がい》になる植物《しょくぶつ》をつみとっています。化学肥料《かがくひりょう》や……ロボットには**たよりません**」ミネルヴァはにっこり笑《わら》った。「それだけでなく、ドク・カルペッパー先《せん》生《せい》が、土《つち》にふくまれる栄養《えいよう》を豊《ゆた》かにするためにすばらしいアイデアを出《だ》してくれました。**ですから、わたしたちは手《て》と手《て》**

を取《と》りあって……来年《らいねん》の春《はる》に芽《め》を出《だ》す球根《きゅうこん》を植《う》えようと思《おも》います！」

ミス・ミネルヴァが植木《うえき》バサミで野生《やせい》の庭《にわ》を囲《かこ》んでいるテープをカットすると、集《あつ》まった人《ひと》たちから歓声《かんせい》が上《あ》がった。ハーパーにはミネルヴァの笑顔《えがお》の理由《りゆう》がわかった。野生《やせい》の庭《にわ》なので見《み》ばえはよくないものの、きちんと管理《かんり》されているからだ。庭《にわ》の見《み》た目《め》を〝よく〟するために、化学肥料《かがくひりょう》を使《つか》うのではなく、テオたちクラブのメンバーが手《て》で、大変《たいへん》な作業《さぎょう》をすることになった。**昔《むかし》のように手《て》で雑草《ざっそう》を抜《ぬ》くには、たくさんの人《ひと》の力《ちから》が必要《ひつよう》になる。**

ハーパーはそのためにクラブに入《はい》ったのだ。

ハーパーは庭《にわ》のすぐ前《まえ》でテオをギュッとハグした。

「ミス・ミネルヴァを説得《せっとく》してくれてありがとう。きっとミネルヴァも満足《まんぞく》するはずよ」

ハグされたテオはまっ赤《か》になった。「**ぼくだって、**そうだよ」

ハーパーはミス・ミネルヴァから植《うえ》木《き》バサミを借《か》りてきた。「でも、**もっと効果的《こうかてき》に機器《きき》を使《つか》うアイデアがいくつかあるのよね。**ドクなら、デジタル技術《ぎじゅつ》を使《つか》って、この植《うえ》木《き》バサミをもっとすばらしくできるはずよ」

ミス・ミネルヴァは髪《かみ》の毛《け》を手《て》でかきあげた。「ちょっと、ハーパー、やりすぎないでよね」

そのドクはといえば、通《とお》りの向《む》こう側《がわ》にいて、シェーンさんがストーンソード図書館《としょかん》に置《お》いた巣箱《すばこ》を回収《かいしゅう》するのを手伝《てつだ》っ

ていた。ドクは、お別《わか》れのあいさつのために、ハーパーを呼《よ》んだ。

「来年《らいねん》のいまごろ、また来《く》るよ。そのあいだ、地元《じもと》のリンゴを食《た》べて、わたしのハチたちのことを考《かんが》えていておくれ。いいかな？」シェーンさんがいった。

「かならずそうします。**ハチたちが行《い》っちゃうのはさびしいけど**」ハーパーは約束《やくそく》した。

「ああ、そういえば、きみたちがハチのめんどうをよく見《み》てくれたから、プレゼントをわたそうと思《おも》ってね。もちろん、巣箱《すばこ》をまるごと置《お》いていくわけにはいかないが……」

シェーンさんは巣箱《すばこ》から取《と》りだしたトレイを

ドクにさしだした。その上《うえ》を何匹《なんひき》かのハチがはっている。「ハチをあげよう。新《あたら》しい女王《じょおう》バチもいる。これで、きみたちだけの群《む》れをつくれるだろう」

ハーパーはうれしくて歓声《かんせい》を上《あ》げた。そして、「**しっかりめんどうを見《み》ます**」と約束《やくそく》した。

「庭《にわ》づくりクラブも協力《きょうりょく》して、ハチたちが安全《あんぜん》に楽《たの》しく暮《く》らせるようがんばります。ハチたちのほしい花《はな》をなんでもそろえます」テオもいった。

「そういってくれて、うれしいよ」シェーンさんは巣箱《すばこ》をトラックに積《つ》みこむと、運転席《うんてんせき》についた。きちんとかけられた防水《ぼうすい》シートの

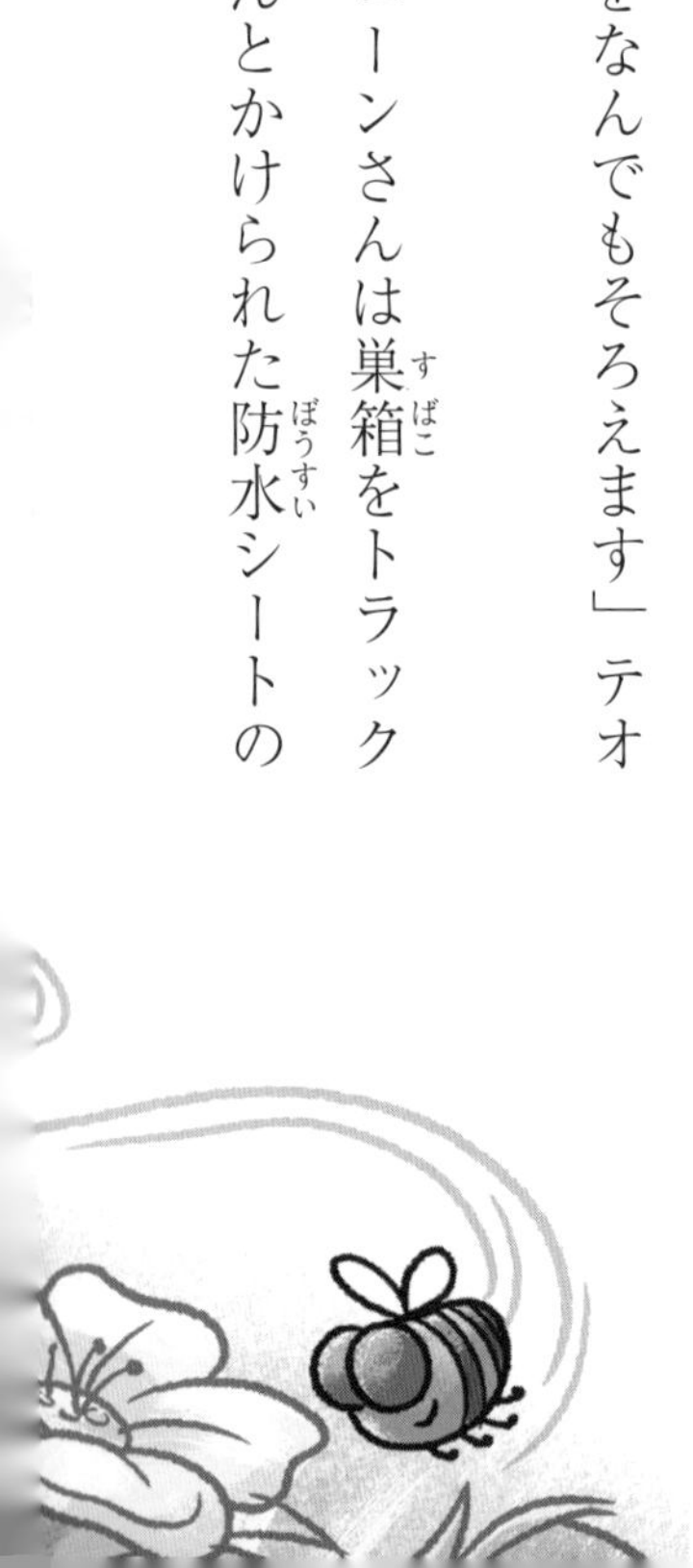

下《した》にいる**ハチたちは、つぎの冒険《ぼうけん》までしばらくお休《やす》みだ。**だが、ハーパーには家《いえ》に帰《かえ》っても、楽《たの》しい冒険《ぼうけん》がたくさん待《ま》っている。それに、少《すく》なくとも何匹《なんびき》かのハチがここに残《のこ》ってくれて、うれしかった。

ところが、マインクラフトの中《なか》で、空《そら》にできた大《おお》きなキズと向《む》かいあっていると、ハーパーのそんな気分《きぶん》はすぐにどこかに飛《と》んでいってしまった。

「なんてことかしら、**あのキズ、どんどん大《おお》きくなってるわ**」とハーパー。

「キズが空一面《そらいちめん》に広《ひろ》がったら、どうなっちゃうんだろう？　地面《じめん》にまで届《とど》くのかなあ」テオはオーバーワールドを見《み》わたした。

「そんなことにはならないさ。**ぼくらでなんとかしよう**」

モーガンがいった。

「モーガンのいうとおり。チョウチョウはあっちに飛《と》んでいったよ」ポーはその方向《ほうこう》をさした。

「もう見《み》つかったの？　ラッキーだね！」とジョディ。

仲間《なかま》たちは一丸《いちがん》となって、立《た》ちならぶ木々《きぎ》のあいだを抜《ぬ》け、チョウを追《お》いかけた。

その反対側《はんたいがわ》では、チョウの群《む》れが色《いろ》あざやかな羽《はね》をひらひらさせていた。**チョウたちは見《み》なれたもののまわりを飛《と》びまわっている。**

「ラッキーなのもここまでね。あれはネザーにつながるポータルだわ」とハーパー。

モーガンがいった。

「ゴーレムのいる場所《ばしょ》はわかってるだろ……みんな、用意《ようい》はいいかい？」

MINECRAFT マインクラフト
木《き》の剣《けん》のものがたり

❶ ゲームにとびこめ！

マインクラフトが大すきな５人の仲間たちが、現実からゲームの世界に入りこんじゃった！　これはもうゲームじゃない。みんなで探検し、いろいろなものをつくって、生きのころう！

❷ コウモリのなぞ

ゲームの中ではゾンビの群れにおそわれ、現実世界ではコウモリが学校に飛びこんできた！　仲間たちは力を合わせて、移動するモンスターたちのなぞを解きあかす。

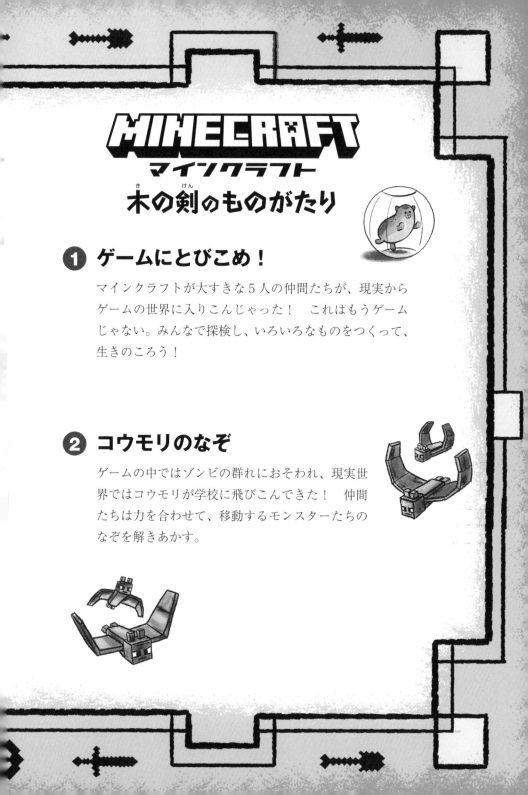

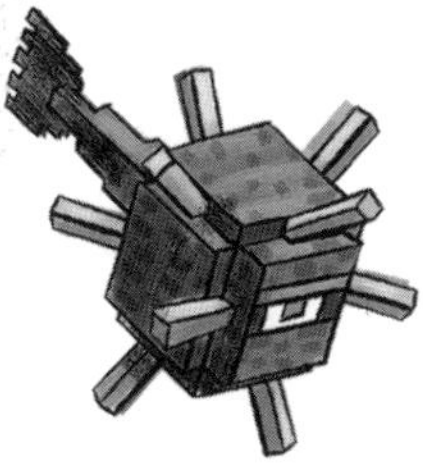

③ かいていのひみつ

ほんとうにマインクラフトの世界に入れる仲間たち。海洋バイオームにもぐっていくと、ふしぎな美しい世界が広がっていた。宝の地図にさそわれて、冒険と探検に出発するが、そこでは、なぞのエヴォーカー・キングがしかけたわなが待ちうける……。

④ きかいのはんらん

ジョディ、アッシュ、モーガンたちは、ぶきみな敵、エヴォーカー・キングの正体をつきとめようと、現実世界にもどる。エヴォーカー・キングって、いったいなにもの？　エヴォーカー・キングって、ゲームの中から出てこられるの？

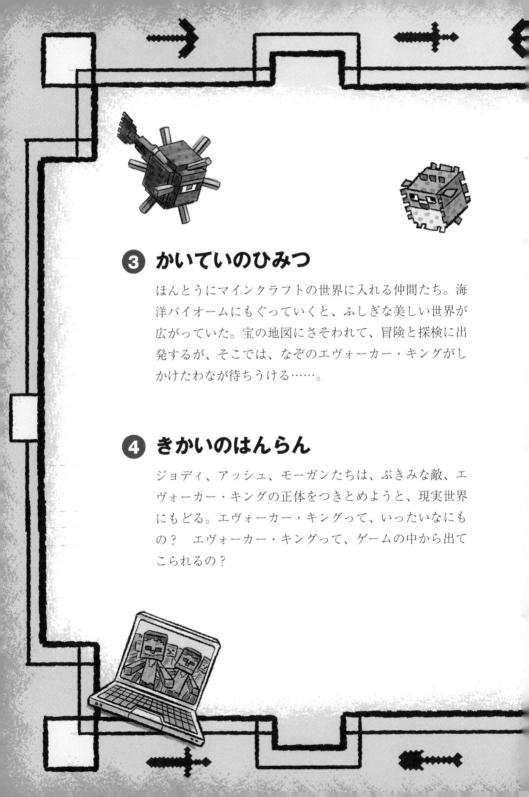

❺ ダンジョンにもぐれ！

ポーとモーガンたちは、エヴォーカー・キングを追いかけて、おそろしいダンジョンの中へ中へと入り込む。そこには、ドラゴンや敵対モブなど危険がいっぱい。さあ、ファンタジーの大冒険へ出発だ！

❻ さいごのたたかい

マインクラフトの世界がエヴォーカー・キングに支配されてしまった！　仲間たちは最後のたたかいにいどむ。マインクラフトでいちばん強力な「いしずえの石」をもつエヴォーカー・キングを、はたしてたおせるか？

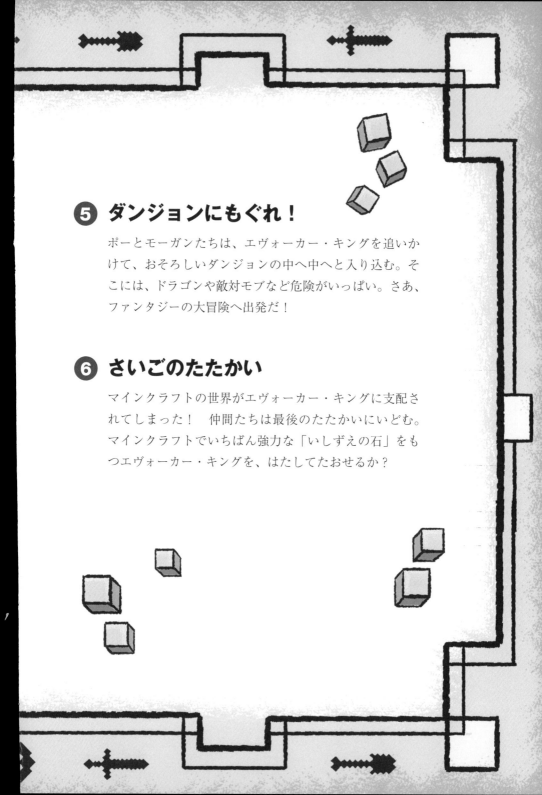

そして冒険《ぼうけん》は続《つづ》く

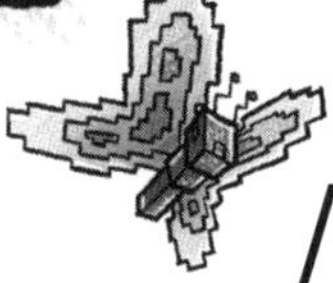

MINECRAFT マインクラフト
石《いし》の剣《けん》のものがたり

❶ おかしなコード

なにものかによって石にされたエヴォーカー・キング。べんりなMODを使える新入りのテオは、エヴォーカー・キングを助けようとする。でも、テオがゲームのコードをいじったせいで、みんなやられちゃいそう！　テオはほんとうにみんなの仲間になれるのか？

❷ モブのたくらみ

ポーとハーパーたちは、深い地底にもぐり、危険なクモの巣へと立ちむかう。でもそれはまだ楽なほう。現実世界ではポーが児童会長に立候補したものだから、さあ、たいへん！

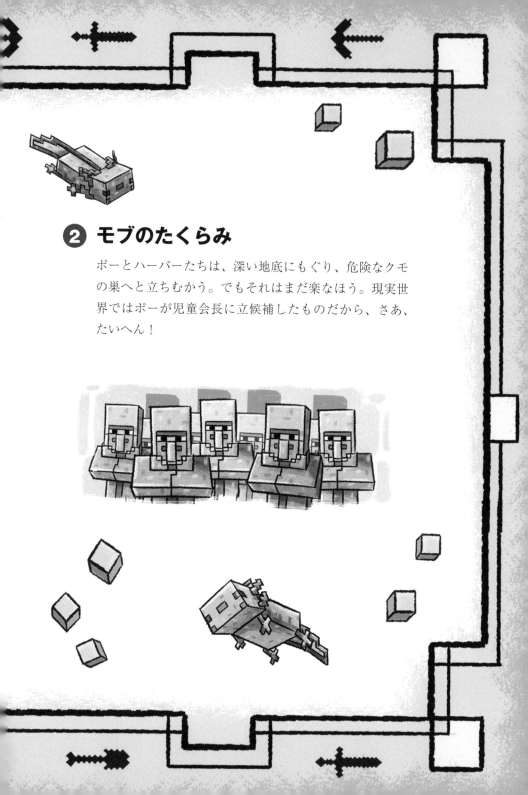

❸ ペットをすくえ！

エヴォーカー・キングの３つめのパーツはウィッチの姿をしていた。そして、とんでもなくレアなモブを連れてこいと言う。けれどジョディは、なにがあってもモブたちを守ろうと心に決めるのだった……。

MINECRAFT《マインクラフト》はブロックを使いながら冒険するゲーム。プレイヤーは山脈、洞窟、海、ジャングル、砂漠でできたはてしない世界で、ものをつくったり、遊んだり、探検したりできる。ゾンビをたおしたり、夢のようなケーキを焼いたり、危険なエリアを調査したり、超高層ビルを建てたりするのもＯＫだ。マインクラフトでどんな冒険をする？　それは、きみしだい！

ニック・エリオポラス（文）

作家、物語デザイナー。ニューヨーク市ブルックリン在住。読書とゲームが大好き。大親友といっしょに「Adventurers Guild」シリーズを執筆するいっぽう、小さなビデオゲーム制作会社で物語《ナラティブ》デザイナーとして働いている。もう何年もマインクラフトで遊んでいるのに、いまだにエンダーマンにびびってしまう。

アラン・バトソン（絵）

イギリス人。マンガ家、イラストレーターとして活躍。立方体と外国を旅するのが大すきなので、最近ではマインクラフトの世界を冒険するいろいろな本のイラストを手がけている。ほかにも『Everything I Need to Know I Learned from a Star Wars Little Golden Book』『Everything That Glitters is Guy!』『Spider-Ham』といった作品で挿絵を担当している。

クリス・ヒル（絵）

イラストレーター。妻と２人の娘とイギリスのバーミンガム在住。大好きなイラストの仕事を25年も続けている！　休みの日には、家族とすごしたり、飼い犬がへとへとになるほど長い散歩をしたり。ひまなときは、オートバイに乗って風を感じながら、つぎはどんなイラストをかこうかと考えている。

【日本語版制作】
翻訳協力：株式会社リベル
編集・DTP：株式会社トップスタジオ
担当：村下 昇平・細谷 謙吾

■お問い合わせについて
本書の内容に関するご質問につきましては、弊社ホームページの該当書籍のコーナーからお願いいたします。お電話によるご質問、および本書に記載されている内容以外のご質問には、一切お答えできません。あらかじめご了承ください。また、ご質問の際には、「書籍名」と「該当ページ番号」、「お名前とご連絡先」を明記してください。

●技術評論社 Web サイト
https://book.gihyo.jp

お送りいただきましたご質問には、できる限り迅速にお答えをするよう努力しておりますが、ご質問の内容によってはお答えするまでに、お時間をいただくこともございます。回答の期日をご指定いただいても、ご希望にお応えできかねる場合もありますので、あらかじめご了承ください。なお、ご質問の際に記載いただいた個人情報は質問の返答以外の目的には使用いたしません。また、質問の返答後は速やかに破棄させていただきます。

マインクラフト ハチのなんもん
石《いし》の剣《けん》のものがたりシリーズ④

2024年6月19日　初版　第1刷発行

著　者　ニック・エリオポラス、アラン・バトソン、
　　　　クリス・ヒル
訳　者　酒井《さかい》 章文《あきふみ》
発行者　片岡 巌
発行所　株式会社技術評論社
　　　　東京都新宿区市谷左内町 21-13
　　　　電話　03-3513-6150　販売促進部
　　　　　　　03-3513-6177　第5編集部
印刷／製本　図書印刷株式会社

定価はカバーに表示してあります。

ISBN978-4-297-14101-1 C8097